于苦难的境遇中探寻点亮生活的微光　于纷繁复杂的世界中寻找精神的归宿

托钵记

汪泉　著

陕西新华出版
太白文艺出版社·西安

图书在版编目（CIP）数据

托钵记 / 汪泉著. -- 西安：太白文艺出版社，2024.12. -- ISBN 978-7-5513-2698-8
Ⅰ. I247.7
中国国家版本馆CIP数据核字第2024PR4078号

托钵记
TUO BO JI

作　　者	汪　泉
责任编辑	姚亚丽　蔡晶晶
封面设计	张贤良
版式设计	建明文化
出版发行	太白文艺出版社
经　　销	新华书店
印　　刷	陕西金德佳印务有限公司
开　　本	880mm×1230mm　1/32
字　　数	157千字
印　　张	7.625
版　　次	2024年12月第1版
印　　次	2024年12月第1次印刷
书　　号	ISBN 978-7-5513-2698-8
定　　价	58.0元

版权所有 翻印必究
如有印装质量问题，可寄出版社印制部调换
联系电话：029-81206800
出版社地址：西安市曲江新区登高路1388号（邮编：710061）
营销中心电话：029-87277748　029-87217872

目录

毡 …………………………………… 001

助威团 ……………………………… 024

自封为司令的爸爸 ………………… 040

掘墓时刻的微火 …………………… 059

燃烧的冰川 ………………………… 082

广州印象系列

托钵记 ……………………………… 095

四手联弹 …………………………… 153

热水壶 ……………………………… 170

旧日燃烧的火车 …………………… 193

跋 …………………………………… 219

毡

我一直以为,"莫拉"就是老太太的意思,直到莫拉最后一次来我家。我妈听见敲门声,去开门。我听见铁门"咣啷"一声之后,我妈惊呼:"阿尼(姑姑)——哦呀,是阿尼,你怎么来的?"

我从窗户看出去,一个身着藏族盛装的老太太站在门外,好像在低声说什么。我想看清她的脸,就跑出房门,跑出小院子,站在门口看,是莫拉。她老了,真的老了。莫拉虽然生活在藏区,但她脸从来没有晒红过,也没有晒黑过,一直像蛋白,这一次却是苍白的,皱纹也比去年多了几道,眼神却明亮。还没等我开口,她带着难以察觉的笑意,严肃地说:"银铃,你这死丫头,假期也不来看我。"我看见她说话的时候,头上的银饰在颤抖。我随口应付:"老太太,真的是,我假期还在实习,忙里偷闲,才回来两天。""怎么叫老太太?"妈瞪着眼睛嗔怪我。"别怪她,她不懂,叫奶奶吧——"我原本就不知道莫拉是什么意思，二十多年来，我一直叫莫拉，也没当回事，总之就是一个藏族亲戚，并非血亲，只是时常来往。莫拉每年至少来我家一趟，叫回娘家，而我家去毛藏看她的次数却越来越少，只有爹，每年春节去一次。那是爷爷临终时叮嘱他的。

"阿尼，怎么能叫奶奶？"妈也很吃惊。

莫拉没有回答，回头看，她的眼神安详，似乎在反问我妈：既然阿尼是姑姑，莫拉当然是奶奶啦，还用问？她的孙子巴措，脸色苍黑，身材魁梧，穿着露出右臂的黑藏袍，已经停好了摩托车，抱着一条白生生的新毡，站在她身后。她也不客气，自己先进了大门。

我跟在她身后，对她的衣着煞是羡慕：红绿的玛瑙坠在银簪四周，银簪上雕龙描凤，幽光熠熠；藏蓝色的缎袍，既不奢华，也不绚丽，自有一份高贵；腰间的缎带绾在左侧，梢头有一颗鸡蛋大小的黄玛瑙。她微弓着身，向前走，那些饰品便随着她微颤的步履而摇曳，右袖却在风中空空摇摆。我和妈悄然跟在她身后。此刻和她每次回来一样，只要她出现在我们家，她就无可争辩地成为一家之主，我们都如同对她俯首帖耳的仆从一样。

我扶着她进门，坐定，她看着我，说："银铃，我也是汉族人，你爷爷知道，他肯定没有告诉你们。你叫我奶奶，是对的。"

"我还是第一次听说哎——奶奶。"我笑着回应了她。

她的脸是瘦小的，也是圆的，没有藏民的那种方阔之相，尽管皱纹不少，但依稀可以看出她年轻时的美貌。

"银铃，这条毡，你带回学校，铺在床上，四川潮湿。"莫拉握着我的手，看了一眼放在床头的毡，又看着我说。

"好，好，好，我带回去。"我心想，现在谁还带一条毡去学校，不被人笑掉大牙。

"你都送来多少条毡了，莫拉，别再送了。"妈在一边，随着我说。

"这是最后一条。我八十三岁了，活不了多久了。"莫拉说。

"莫拉，哦，奶奶，怎么今天要我叫你奶奶？"我问。

"孩子，你不懂。'莫拉'是藏语称呼奶奶的叫法。你爷爷懂，就让你们一直叫我莫拉。你要问我这些，我就慢慢讲给你听。这茶怎么这么淡？嗯，对，你妈知道，我这大半辈子喝惯了奶茶，没有盐就觉得寡淡，加点盐，熬点茯茶最好。

"1937年5月头上，这大靖城冷，半夜时分，我和三贞、董娥从土门赶过来，又饿又冷。前一天白天，我们红西路军女子独立团三营被马家军截在土门，和他们干上了。一帮文工团的女兵，没多少枪支弹药，哪里是他们的对手？他们是骑兵队，冲上来，我们就被冲散了，死的死，伤的伤，被抓去的也不少。连长中了三枪，躺在地上，指着这个方向，说：'快跑！'我们跑到城外，在一个破旧羊圈里躲起来，不敢出去，直到天色黑下来，我们才向大靖跑。那年10月，我们经过了大靖，好地方，人善。"

"吃什么？"我妈问。

"吃煮山药（土豆），那是世上最香的东西。你去煮吧，晚饭就吃这个。听我的，再啥也不吃。吃完煮山药我就回去。刚才说哪儿了？哦，对，半夜，是我敲的门，是你爷爷开的门。那时候你家的门脸不大，是木头门，有个铁门环，是我敲的。我才十六岁；三贞十七岁，怀着孕，已经饿了大半天；董娥十四岁，扶着三贞。我们是来讨食的，你爷爷从大门门缝里看了半天，悄声说：'你们啥人？半夜三更的。'我说：'你别怕，我们三个，是红西路军，路过，讨食的。不进门，方便给点吃的吗？她怀孕了。'我向后看了一眼，你爷爷开了门，抻着脖子，向门外看了一眼，压低声音说：'没有人跟吧？'我摇头，太黑了，怕他看不清，说：'没的。'我说了一句四川话，我是四川人。你爷爷说：'快进来。'我们进来，他又出去，向三步两道桥那边巴望了一下，很快脚步轻快地回来。

"你爷爷带我们进了门，才点了灯。你奶奶也从被窝爬起来，说：'只有山药。'你爷爷说：'快去端过来。'你奶奶去厨房端来了半锅煮山药。我们三个低头就吃，董娥噎得直打嗝，发出'咕儿咕儿'的声音，像我老家的那只鹅。我边吃边笑，三贞一边捣了我一锤，一边给董娥捶背。'快烧茶去。'你爷爷对你奶奶说。你大姑趴在被窝里看，眼睛明亮亮的。我们三个吃饱了，那煮山药真香！热，瓷实，一咬一块，不是一疙瘩，是一块的，带点药味，再没有吃到那么香的山药。

"你奶奶见我们穿着单薄,急忙从炕头扯出一条毡,一边问三贞:'几个月了?''九个月。''你们要去哪里?''延安。''延安有多远?''不知道'。

"你太太从另一个屋里叫了一声你爷爷,你爷爷去了,半天又来了。我隐约听到你爷爷在屋里说:'你放心,是好人。'你太太始终没有出门。

"你奶奶剪开了一条毡,一分为二。你爷爷说'我来吧',接过剪刀,在毡的上沿剪了一个半圆,搭在三贞身上,比画过,又在两端剪了两个圆窟窿,提起来,三贞的两个胳膊套进去,掩起来,就是一个坎肩。三贞想就这样穿着不脱了。你爷爷说,先脱下来,攒个带子,系上就暖和了。三贞脱下来,你奶奶开始攒带子,左面三条,右面三条。你爷爷又麻利地剪另外半块毡。剪完,看着我和董娥。董娥有一件棉衣,是连长的。前几天,董娥穿单衣实在冻得受不了,又是发烧,又是打喷嚏的,连长就把她的棉衣给了她。连长从牺牲战士的身上扒了另一件单衣套上。董娥指了指我,我就穿上了毡衣,毡衣穿起来很重,裹了裹,一下就热了。

"你爷爷细心,看了一眼三贞露出脚指头的烂布鞋,也不多说话,就拿剪下来的毡头,裹在她鞋上,缝了三两下,就成了毡鞋。他又拿过锥子,让你奶奶找来麻绳,飞针走线,很快将其余的毡头绱在另一双旧鞋底上。两双鞋,两件毡衣。

"你太太在堂屋里剧烈地咳嗽了两声。

"我们要走，晚上安全，住下会惹来麻烦。临走，你奶奶把锅里所有的山药装在我们的干粮袋里，嫌少，又装了生的，给了我们洋火柴，让我们饿了烧着吃。

"后半夜，你爷爷带我们出了大靖城。我们从北关出了城，绕过青山寺，向北走了一段，已经是沙漠了。你爷爷说，向前走三里路，再一直向东走，也就是向右走。他熟悉地形，让我们一直沿着沙漠走，不要进村，沿途是裴家营和老城，都有马家军，碰上就麻烦了。

"你爷爷那时候也就是十七八岁的样子。他说：'我爹就是马家军杀死的，你们替我杀仇人，我们就是一家人。'

"我当时是问了一句，马家军啥时候干的。你爷爷说就是去年。我问你爷爷，他们为什么要这么干。你爷爷说，说来话长，让我们抓紧赶路。我们就说了这么几句话。后来，我从毛藏到你家，拜你太太为干妈，和你爷爷拜为干兄妹后，也问过你爷爷这事。他总是闪烁其词，不好好说。我也不好追问，估计他是怕我替他报仇，惹麻烦。银铃，你想知道这些，还是问你爸，他应该知道根根底底。

"那天晚上临别时，我问你爷爷姓甚名谁。你爷爷说他叫袁泽伟。我问你太爷的名字，他不说。你爷爷话不多，有心事，他也不说。一看就是主意很正的人，他要做的事，谁也改变不了。我记住了他的名字和他的话。嗯，要不，这几十年我怎么找到你们家？我们三个照你爷爷交代的话，走了半夜。

"沙漠里安静啊，什么声音都没有，天上的月亮也亮晶晶的，照着沙漠，沙漠白晃晃的，我们像走在水面上。偶尔有狼和狐狸，叫一声，就跑开了。怕？银铃啊，你奶奶我当时连鬼都不怕，还怕个狼虫虎豹？我们是从死人堆里爬出来的，怕个啥？

"天亮的时候，我们出了古浪地界，到了红水，景泰的一个村。我们在沙漠的一个避风湾里躺下来。太阳照在沙上，沙很快就热了，还有几丛黄毛柴，挡着风，累了，躺下就睡着了。

"我们晚上走，白天睡。是啊，晚上安全，白天行走，目标太大了。第三天早晨，我们走过景泰一条山，到了中卫地界。来的时候，我们在一条山把马家军打惨了。我想这地方肯定没有马家军，就在靠近村庄的一个废羊圈里睡下来，那儿有一截土墙。风利得像刀子，像要下雪，天阴的，格外冷。人说，四月八的黑雪冻死人。尽管是滩区，还真冷。

"太累了。是啊，只要躺下，我们仨就睡死了。当我听到有人吼吼吼叫喊的时候，马家军的马蹄声都在耳边了。我像从一场噩梦中醒来，听到了马匪的吼叫声。我爬起身，攥紧了枪，马家军已经在不远处，尘土飞扬。来不及了，跑是跑不掉的。早晨睡觉前我就想好了，要是遇到危险，只有我来抵挡，她俩一个怀孕，一个比我小两岁，能干啥？我摸了一把三贞圆溜溜的大肚子，我能感受到那肚子里的孩子动了一下，我的手停了一下，我用食指在那动的部位轻抚了一下，算是和那肚子里的胎儿告别；我又捋了一把董娥乌黑的头发，接着用手捏了一下她幼稚的脸蛋，也算是和她告别。

"矮墙下面有个狗洞，我叫她俩慢慢爬出去，趴在墙后。隔着狗洞，我说：'不要动，不管遇到什么情况，都不要跑。'她俩歪着头，通过狗洞看着我，我说：'等我跑远，马家军跟我跑远，至少一个小时后，你们再往沙窝里去，一定记住。'我解下干粮袋，里面是你奶奶装给我们的山药。我知道，没用了，背着跑不动，也是累赘。我将干粮袋塞到狗洞外，才爬起身，向马匪开了两枪，就开始向西面跑，头也不回。我知道，我跑得越远，她俩就越安全。

"我听见有人喊：'是个女的，不要打死，抓活的！'

"我边跑边想，正好，我要的就是这个。我钻进村庄，曲里拐弯地跑。

"我又不是飞毛腿，怎么抓不住？我当然被抓住了，也实在跑不动了。前面是一截土墙，我翻不过去，死路一条。我用最后一颗子弹打死了一个带头的，然后将空枪举到我自己的头顶。

"我是吓唬他们。哼，我咋能自杀？我还要找机会再杀他们几个，赚几个再说。自杀！银铃，那不是你奶奶我要干的。

"我想从另一个巷子跑出去，结果，刚跑出几步，就被他们团团围住了。他们有的下马了，有的还在马上。

"我瞪着他们，他们看着我，相持了一阵子。我是为了拖延时间，让三贞她俩跑远一些。

"'是南方丫头！谁要婆姨，谁就上！'马家军中有人喊。

"'好！老子试一个！'有人从马上跳下来，向我走来。

"那人长着一脸络腮胡，眼睛圆溜溜的，满眼凶光，一看就不是好东西。他举着手枪，慢慢向我靠近，一边说：'做老子的女人，有你享的好福。放下枪，否则，今天老子死了，你也活不成。'

"我突然把枪头转向他：'站住！再走一步，我就开枪！'

"那男人被吓住了。你别看他五大三粗的，他还是怕了，愣在原地，一动不动。没想到，就在我的全部注意力放在那个男人身上的时候，一把刀从我身后砍下来，我周身'唰'的一下凉透了，我看见我的右臂从我身上掉下来，掉在我眼前，手里还捏着那把没有子弹的手枪——那手枪是在高台战役中，我们妇女独立团的参谋长彭玉茹给我的。之后，我就啥也不知道了。"

我扶着莫拉空空的右衣袖，像扶住了她丢失的右臂。我声音低沉地问莫拉："奶奶，你以前咋不说？"

"我老了，再不说，你就听不到了。"莫拉用左手摸着我的头发，眼神温暖无比。

"那你被他们抓了吗？"我问。

我知道这是废话，但我还是问了。

"我又不是孙悟空。醒来的时候，我在天祝的毛藏寺里，一个年轻人正跪在佛像前诵经，他的手里捏着念珠。"

"你怎么到了毛藏寺？"我问。

我的意思是这么远，从大靖到毛藏大概有六十公里吧。

"后来,你的藏族波拉(爷爷)对我说,那些马家军将我驮在马上,到了毛藏寺,以为我肯定流血过多死了,把我扔下就走了。你的藏族波拉见我还没死,将我背起来,藏在寺里疗养,是他救了我。寺里有藏医。你波拉每天挤新鲜的牛奶给我喝,等我养好了伤,已经翻年了,我也回不去了……"

"那,其他两个人呢?"我问。

莫拉沉默良久,她的眼睛看着外面,定定地看。我顺着她的眼睛看出去,就是墙啊,白色的墙,而她好像从那面白墙上看到了什么,眼神越来越凝重,越来越深邃。

良久,她说:"前些年,董娥才找到了我。我也才知道她俩的下落。她让我回去,和她在一起养老。我不去,毛藏挺好的,我哪里都不去。"

那次见面后,莫拉才从董娥那儿知道了后续发生的事。

莫拉引着马家军,向西跑出去,马蹄声也随之渐渐远去。董娥和三贞才从那段残垣断壁下爬出来,向东疯跑,再也没停脚。傍晚的时候,她们到了沙坡头,三贞再也走不动了,瘫在沙漠中,一直喘息呻吟,肚子痛。这一路上莫拉最担心的也是这事。一个大肚子婆娘从早跑到晚,加上惊吓,早就不行了。

三贞下身开始流血,十四岁的董娥吓坏了,她只是一个在妇女团跳舞的孩子,她哪里知道怎么办。三贞说:"你别怕,我恐怕是要生了。"董娥脱下毡衣,将一把砍刀插进沙里,竖起来,一边正好有几丛麻黄草，围成了一个圈，像一个小小的无顶毡房，严严实实，挡住了凛冽的西风。三贞痛得哭喊着躺下来。

落日很大，很圆，像一个圆润的胎包。夕阳下是弯弯曲曲的黄河，时断时续，像一缕从母体流下的血水，缓缓东逝。

在空旷无比的大漠中，三贞哭喊着，挣扎再三，总算生下了孩子，是个男孩。那孩子哭声很大，像委屈了很久一样。黄沙地上染满了污血。而脐带还将母子连在一起。董娥的手心被三贞抠出了血，总算松开了。三贞说，掏出匕首，割断。董娥拔出匕首，颤抖着手，将那脐带割断了。董娥什么也不懂，还没有亲历过月事。她脱下自己的外衣，将哭叫的孩子抱在怀里，不断抖动，孩子还是哭。三贞叫她把孩子交给自己，三贞揽着孩子，将干瘪的奶头送进孩子嘴里，孩子不哭了。董娥笑了："三贞姐，我们又多了一个战士！"三贞苦笑着说："妹子，连累你了。"

此时，孩子又哭起来。三贞也哭了。

晚来的寒风在呼啸，董娥打了一个寒战。

"他怎么还哭？"董娥伏在沙地上，问三贞。

三贞流着眼泪，哽咽着说："没——有——奶……"

哪有奶啊？这一路过来，从去年年底至今，她们都是在饥渴难耐中度日，不断转移阵地，饥一顿饱一顿，加上三贞的丈夫在古浪战役中丢了性命，丧夫的伤痛还折磨着她，每每半夜，三贞都能哭醒。营养不足，劳累过度，哪有奶水啊？

董娥憨憨地问："怎么办，三贞姐？"

三贞流着泪，苦笑着再次将干瘪的奶头塞进孩子的嘴巴，孩子不哭了。董娥在心里祈祷：奶水快快下来，好养活这孩子啊。

没有奶水。人都渴得没有水喝，三贞的嘴唇上是一层厚厚的血痂。

三贞抱着孩子，沉默不语，眼里满是泪水。

三贞说："妹子，把匕首给我。"

董娥怯怯地问："你要干啥？"

"孩子总得喝点什么，让他喝我的血。"三贞坚定地说。

董娥吓得捂住了嘴巴，目光直直地盯着三贞。三贞坚定地看着董娥，似乎已经是不可改变的决定。

"三贞姐，你，刚刚生孩子，不行！"董娥说，"让他喝我的。"

"我的好妹子，他能闻到味道，你的他肯定不喝。给我！"三贞低沉无力地说，"听话，救他的命。这是命令。给我！"

董娥满心不忍，但还是颤抖着手，含泪把匕首递给三贞。

三贞没有犹豫，举起匕首，刀尖扎进乳房。她一下张大了嘴巴，倒吸了一口气，低号了一声，脸色煞白，她又一举手，匕首带着一股血冒出来，暗红暗红的。

董娥"哇"的一声哭出来，又很快用袖头捂住了嘴巴。

三贞紧闭眼睛，眉头皱成了一疙瘩。少顷，等她缓过劲，忍过疼，她又低头看了一眼哭叫的孩子，眉头稍展，苦笑着，将流血的奶头塞进了孩子的嘴巴。

董娥流着泪，绞着手指，蹲在这对母子身边哭。

孩子开始吮吸，三贞痛得一抽一抽的。她咬着牙，含混地说："这小子，嘴巴头还——挺带劲……"转而，三贞低下头，用嘴唇吻着孩子头脸上的污血，一下又一下。

孩子不哭了，一动不动，似乎特别享受这温暖的血乳。

片刻，三贞抬起头，她的额头渗出一层汗，她有气无力地对董娥说："去黄河里舀点水来，妹子，我渴得很……"

董娥连声说好，提着两个水壶，从沙坡上向金色的黄河走下去，一步一回头，直到看不见三贞。她开始向着河流跑，每跑一步，河流就暗淡一寸，等她跑到河边，夕阳落下，河流已经混浊无光了。

董娥双手一直颤抖着，匆匆灌满了水壶，急急赶回，快到了，远远听到有人唱歌，声音很低，很沉。董娥屏住急喘的气，细听，那是年三十那天，山丹战役时，三贞唱过的老家福建长汀的歌谣，把将士们都给唱哭了。四个月前，她丈夫在古浪战役中战死不归时，她在凉州城外的野地里也唱这首歌谣，唱了一夜，一遍又一遍。

……

三送情郎哥窗子边哟

打开窗子望青天

初三初四鹅毛月

十五十六月团圆哟

四送情郎哥大门外哟
问声情郎哥几时来
三天不来把信带
免得我小妹挂心怀哟

五送情郎哥五里坡哟
再送五里不为多
路上有人盘问我
我说是小妹送情哥哟
……

　　董娥背着两个水壶,来到三贞面前,说:"三贞姐,等我烧开,你再喝吧。我妈说生了孩子不能喝生水,稍等啊。"

　　三贞抱着孩子,只管唱,声音越来越微弱,像昏昏入睡前的说话声一样。

　　董娥随手捡来一束干枯的黄毛柴草,划着了洋火,火苗噼噼啪啪蹿出来。就在董娥将水壶架在火上的时候,三贞的歌声停下了。

　　原本半躺着的三贞,身子缓缓滑落在沙地上。孩子还在臂弯里,孩子的嘴巴还在她的胸前。

董娥走过去，想要从她怀里抱过孩子，让她好好睡一会儿，她却紧紧抱着，不松手。

"三贞姐，把孩子给我。"董娥跪在她面前，在夜色混沌中说。

三贞不说话。董娥觉得不对劲，喊："三贞姐。"

三贞还是不说话。董娥想：孩子怎么也没有声音？

她有点怕，对着三贞的耳朵说："三贞姐，松开手，我抱孩子。"

三贞终于松开了手。董娥凑到三贞的面前，看见三贞的眼睛睁着，一直睁着，一眨不眨，眼里映着那簇微火，一闪一闪。

再看孩子，孩子也一动未动。他的嘴角流下一抹红色的液体，也不哭一声，倒伏在他妈妈的怀里。

董娥轻轻抱过孩子，那孩子居然睡着了，咬着奶头不放。董娥用手指触了一下他的嘴角，他才吐出奶头，满嘴血污，哭了起来，哭声也是血色的，像劙开了一块肉一样。

董娥觉得自己的双眼、嘴巴、鼻子、耳朵、脑子、心、满腹都装着酸水，酸得她浑身颤抖，眼前一片模糊。她用袖子擦了一把双眼，接着轻轻擦了一把孩子的嘴唇，将他紧紧贴在怀里。她的心口更酸了。孩子的哭声弱弱的，像没了力气哭一样。

水壶在火上嘶嘶叫起来，长长短短，像一根哑弦在拉扯，在寂静无比的暗夜里，如泣如诉，艰涩难挨。

良久，董娥抱着孩子，轻轻取过烧开的水壶，掏出土豆，摆在三贞的面前，对三贞说："姐，水开了……你喝点水……土豆熟了，你吃一点……好上路啊……"

董娥抱着孩子，坐在三贞的身边，颤抖着身子，直直地挺了一夜。

微火在旁，闪烁着火星，将熄未熄，和天上的繁星融为一体。

土豆熟了。我妈端来一盘煮熟的土豆，有的爆开了皮。我拣了最圆的一颗，黄澄澄的，剥了皮，白生生的，递给奶奶。奶奶接过来，手微颤，用她所剩无几的牙齿吃了一口，说："香，就是你奶奶第一次给我们仨吃的那味道。看，一咬一块，不是一疙瘩。"

一时无话。

我忍不住问："奶奶，董娥呢？"

"董娥一下子就长大了。她找到了延安，也不知道这个十四岁的孩子是怎么找到延安的。听说去年走了，都走了……"奶奶平静地说，"前几年她来，非要让我跟她去养老，去她老家湖南隆回。我不去，毛藏才是我的家。"

"奶奶，那孩子呢？"我又追问。

"在。"莫拉坚定地说。

奶奶吃过土豆，就要回毛藏，我坚决不同意。

"七十不留餐，八十不留宿。银铃，我还是回去，摩托车快，天黑前就到了。"奶奶严肃地说，"我要是死在娘家，就不像话了。"

"那有啥？我抬埋你。再说，你也不能死啊，我这次开学回去，再去洛带，找你的娘家人。"我说。

"别找了，我参加红军的时候，爹娘都死了，哥哥被抓了壮丁。这就是我的娘家，我不能死在娘家。我的好孙女，我死了，你不用回来，也不用你抬埋，你爸爸和巴措会抬埋我的。这次我是来辞路的，可能再也来不了了。银铃，你去四川上大学，我就知道你的心思。奶奶知足了。"奶奶吃着土豆，含混地笑着，"我将来死了，就葬在毛藏，谁也不用管，得空去烧炷香就够了。"

吃完了那颗土豆，奶奶要走。我说怎么也得等我爸爸回来，莫拉不肯，说走就走，勉强不得。巴措将她抱上摩托车，自己骑上车，用一根宽宽的布带将他和奶奶绑在一起，像骑着一匹走马，嘶叫了一声，不疾不缓地走了。

天快黑的时候，我爸才回来。听说莫拉来了，又走了，他很着急，又听说是坐摩托车来的，知道撵不上，只好唉声叹气作罢。

而我感兴趣的是莫拉此前所说，我太爷是被马家军杀死的。这究竟是咋回事？很多事情，我都不知道。爷爷活着时候也没讲过。

沉默良久，我爸才说："你太爷是被马家军砍死的。

"你莫拉来我们家的时候是过完年不久。年前，马家军在一条山惨败后，撤退凉州，经过大靖城。大靖城的老少爷们儿闭城据守，马家军也无可奈何。你太爷是组织守城的民团首领，也是我党地下组织成员，他守的是东门，马家军主攻的也是东门。马家军用一根粗木头一遍又一遍捣城门，你太爷就带人在城门上用石头瓦块砸下去，以赶走马家军，断断续续持续了半天。到了黄昏，天色将暗，马家军捣开了一扇城门。你太爷性格刚烈，性子急，见情势危急，带着三十人的敢死队，从城墙上滑下去，手持大刀，和马家军拼上了。马家军毕竟是专门练过把式的，虽然你太爷也是走南闯北、拉骆驼的好把式，但怎么能拼得过马家军那么多人？拼杀中，你太爷的后脖颈被砍了一刀，危在旦夕，抵挡是抵挡不住了，你太爷把辫子系在裤带后面，不能让头向前耷拉下来；耷拉下来，命就没了。他是要把马家军引开，引着马家军往城外跑，不至于城破。你太爷后脖颈的血流向前胸后背，流向双腿，灌进鞋窠，再溢出来，他一路颠颠簸簸，扭着身子，昂着头跑，身后就是一条血路，斑斑点点……马家军沿着血迹，紧追不放。你太爷一只手在后拽着辫子，一直跑到了城外青山寺东面的长城村，村外是一户人家的马圈。马家军沿着一路的血迹，最终追到了你太爷藏身处，你太爷跑不动了，血也差不多流干了，追来的马家军还是给你奄奄一息的太爷又补了两刀……

"城没有破。城门虽然破了，但城门里面，你太爷早就组织人力，用砖头码了三层，马家军攻得费劲。正在这时，红军先头部队也从景泰追过来，打出了一阵密集的枪炮声，马家军没还一枪，骑马就跑，消失在凉州方向的夜色中。

"次年三月，你莫拉半夜来我们家的时候，你太爷被砍死不到半年。那时候，你爷爷还戴着孝，也想报仇……

"这些，你爷爷一直不告诉我，怕我想报仇。直到他死之前，他才对我说了这些，让我听完就烂到肚子里，让我不要再追究这些，忘掉，因为兰州解放后，那些祸害们已经全部受到了惩罚。"

我才想起来，小时候放学，总要爬到城墙上玩。大靖一校就在城墙里面，出了校门，一转身就是城墙。差不多一丈宽、三层房子高的城墙上头可以跑架子车。但爷爷总不让我和哥哥上去。我就嚷："人家的娃都去玩，为啥不让我们去？"爷爷说："我们的先人在城墙上，所以我们家不让孩子上城墙，别人家的无所谓。"再后来，城墙被拆了，想去也没有了。如今，我才知道，那城墙是太爷护城殒命的所在，也是年轻骁勇的他为了一城百姓捐躯的所在。

暑假很快结束，我要返校，我要带着莫拉给我的毡去四川。我心想，我要把这条毡送给莫拉的娘家人。我拿过那条毡，打开后才看见毡面上有四个字——吉祥如意，下面是一串藏文，也是一个意思。莫拉后来和波拉结了婚。她是当年毛藏唯一识字的人，后来还学会了藏语；她当了一辈子老师，波拉当了一辈子牧民。这条毡上的文字一定是她用稀罕的红羊毛贴上去，是波拉一脚一脚擀出来的。我用手一遍又一遍地摩挲着，在心里默默想：这是莫拉一丝一缕地将红羊毛摊上去，像一缕乳血，丝丝络络，缠绕着多少不息的情感，像一条河流，渡了四代人。

这些年，很少有人擀毡了，铺的都是毛毯。莫拉送我的毡肯定是波拉和巴措擀的，现在再没人干这活了。波拉也八十多岁了，六十多年来，他和莫拉为我们家擀了不下三十条毡。我爸爸说，在家里最困难的时候，先后用五条毡换了粮食，要不是那毡，还不知道他们兄弟姊妹五个会不会饿死。

莫拉来我们家，都是和波拉一起来。他们来的时候，镇上的小孩就跟在他们后面，看他们骑着马，拖着厚重的包裹，丁零当啷地穿街过巷。有一次，波拉一个人来了。那时候我还小，见小伙伴们围上去，我就不让他们跟着看热闹，我说："他是我波拉。"小孩们不懂，问："波拉？波拉是啥？""我们家的亲戚。"我瞪着眼睛说。有人说："波拉，拨拉，拨拉屎棒子！"我就扑上去，和他们打架。波拉就拉开我，攥着我的手，将我抱上马背，给我香甜的奶曲（干奶片）。我在高大的马背上，自豪地俯瞰小伙伴们，他们眼巴巴地在下面看着我吃奶曲。波拉随即给他们散些奶曲，他们才羡慕无比地缓缓散去。

至于怎么擀毡，我小时候完整地见过一次。波拉来了，照旧骑着马，马背上驮了很多东西，后来才知道是全套的擀毡工具和羊毛——他是想教给爷爷怎么擀毡。那是一个漫长的过程，时间很长，像一年一样漫长。后来，听我爸说，也就十几天吧。波拉和爷爷先是洗羊毛，洗得雪白雪白，像女人揉面一样，突然显得细心无比，不像往日对坐着，喝着马奶酒的男人。晒干，撕碎，摘去草屑，就用了三两天。接着，波拉将一丈长的大弓吊起来，开始弹毛，一手持弓，一手持一把牛角拨子，在大弓上弹，像个大乐手操琴一般，"当格——当，当格——当——"像一阕单调的曲子。那些羊毛在弓上，被弹得轻飘起来，轻落下去，像一片片白云，又松又软，一层一层摊在干净的软席面上；摊一层，口里含着水，喷一层，覆一层，最后成了一块长方形的白云。爷爷弹弓"当格当——当格格——"不成曲调，经波拉一教，爷爷的节奏就不一样了。渐渐地，那声音听起来就像模像样了。那一次，我家里像过节一样，不时有人从街头走来，像看戏一样，看一会儿，嫌弃太过乏味，就走了，再换来一波，看客像走马灯一般。弹了一两天，毛是弹好了，他们开始敷设图案。他们用不同颜色的羊毛，多是黑色的，搓成松散的毛辫，细腻而谨慎，一缕缕在毛上面敷设图案。我记得他们敷设了两个像寿字的菱形图案，也干了半天，然后将软席下面的四根绳子小心翼翼地卷起，开始擀。擀毡一般是两人，爷爷和波拉并坐在长长的条凳上，爷爷总是快了或者慢了，波拉就停下来，似乎是唱着藏族歌谣一样，有节奏地唱，节奏慢慢一致了，又叮嘱爷爷和他一齐用力，两双脚踩下去、卷起、踩下去、再卷起……如此再三，厚厚的毛层慢慢变薄，细密的毛越来越密地粘在一起，一遍又一遍地洒上水，一遍又一遍地踩。赤脚，脚要用力适中，脚心踩得又红又嫩，老皮垢痂不知不觉消失了，脚板白嫩得像女人的脚，脚板四周渗出血迹。随着不断踩压，软席下一缕一缕的污水流下来，毡越来越瓷实，水分和空隙都被挤压出去。爷爷的身子也蜷在一起，腰伸不展了，似乎永远伸不展的样子。毡慢慢擀成了，波拉精壮的身子却始终伸展有度，像一只鹰一般，收放自如。

我把那条白毡叠得方方正正的，第一次把军训的成果付诸生活，装在了一个合适的纸箱中。我做这些的时候，我爸在一边看着我，什么话也不说。妈就笑话我："你真要背回学校，还不得被同学们笑死。"爸爸开口说话了："别人笑的是毡，我们心里存的是情。当年你爷爷救了你莫拉。她每年都来，从我小时候就记得她每次来都带一条毡，还有奶曲、酸奶。生活困难的时候，她就背着牛羊肉，有干的，有熟的，也有生的。唉，你爷爷和太太救了她一次，她救了我们多少次啊！不要忘记莫拉，你和巴措多联系，这关系不能断啊，娃。"

我背着略带膻味的毡箱，回到宿舍，打开来，那膻味迅速蹿遍了宿舍，像藏着一个生灵。毡宽出床板一半，我大大方方地将毡折叠起来，铺上去，上面也没铺床单，就在这毡上睡了一觉。舍友们觉得好奇，也不敢笑，有人捂了一下鼻子，也不敢问。后来闺密谨慎询问，我打开毡，指着上面的字说："看这是什么？""吉祥如意。""下面呢？"她摇头。我说是藏语，一个意思。我给她说了个大概。她说："哎，没看出来，你也算是红军之后啊！"我说："不是'算是'，就是，真是。"我说：

"波拉给莫拉取了一个藏族名字,叫朵拉措,她从来没找过上级政府,也不使用原名,也没有索要过任何优待,她在藏区已经生活了六十六年。"

返校的第八天,正是周末,我再次坐班车去洛带。我已经是第六次去洛带古镇了。我听奶奶说,她家就在那附近。我是去寻找奶奶的族人,如果能找到,好歹让她最后见一面自己的娘家人,多好。这是我的心愿。

我打听到一户杜姓人家,正是该村杜姓中最老的老人,八十八岁。我说了个大概,那位老人"咻"地站起身,说:"她是我妹妹!她叫杜海棠,我叫杜海远,她比我小四岁。我是老大,她是老三,中间老二饿死了。我被抓了壮丁,等我逃回来,她就参加红军走了。是我妹妹!"我说:"应该是小你五岁。"

正在此刻,爸爸的电话来了:"银铃,莫拉走了。"

我接电话的同时,看着莫拉的哥哥,眼前越来越模糊。我像一个哑巴,急忙避开那老人,走出了屋子,想说话,却说不出一个字来。

原发表于《解放军文艺》2023年第4期

助威团

从乡下跑进新城，一转眼已经六年了，其间，我没有碰过一个男人。老家的人都知道，我是被邵宝赶出家门的。现在，我已经半截身子入了土，人老珠黄，不稀罕他邵宝了。据说，他在老家的观音寺门口，都敢领着一个寡妇招摇过市，我再也不怕他不下地狱，能干出这事，我算放心了。有他没他一样，我早心死了，只是想看到老天惩罚他的那一刻，但一直没有等来。我想，好吧，你姓邵的也别想好过，老家的房子、老家的地，还有老家的其他财产，老娘分毫不让，多一根草棍老娘都不给你，宁可烧掉，也不会给你邵宝，该讨的，都要讨回来，吃了我的给我吐出来，拿了我的给我交出来。儿子邵希希还没成家，二十四了；女儿邵莉还没出嫁，二十七了。这家如果散了，对他们的影响太大，所以我还没有最终下定决心，一直忍气吞声。

早上十点多，我刚出长虹家园门口，照常去上班，远远看见黄莹莹，她也看见了我。她欻欻欻地端端走过来，贼眉鼠眼，眼障旮旯。见她这表情，我知道有事。黄莹莹原来和我同村，和我基本属于同类人。黄莹莹走到近前，说："秀姐，我见邵宝了，早上八点多，他在这大门口溜达，远远看见我，扑上来。我吓了一跳，问：'你来这里干啥？'他说：'浪一圈。'我说：'你这日子过得悠闲啊，还没浪够，来城里浪啦？'邵宝说：'我才知道，没有他们，才叫过日子。'我说：'过得那么好，你来干啥？'他说：'和她谈判。'我问：'谈判啥？'他说：'分家。'我说：'你一个人霸占了老家的全部家产，还分啥？'他一本正经地说：'分楼房啊，婚内财产啊。'我说：'快回老家，做你的春秋大梦去！'他问：'胡秀在哪儿？'我说：'不知道，没见过，有本事去找！'他说：'我知道，二十一栋，十三层。'我说：'对对对，二十一栋十三楼有个胡秀，去找吧！费啥口舌，问我干啥？'邵宝说："告诉她，跑了和尚，跑不了庙。""我一听这话，慌了神。

邵宝是一个大大的大浑蛋，当年，他用铁棍打我，我浑身没有一处好，腿上、后背、胳膊上全是青疙瘩、紫疙瘩、黑疙瘩，他比日本鬼子还坏，又矬又坏。人说，萝卜水大，矬子坏气大。他坏气真大，打了不说，他还把大门反锁上，不让我进家门。为啥？按他的话说，我乱搞了，和别的男人！这畜生，这是恶人先告状！六年前的一天晚上，他无缘无故找我碴儿，跟我吵了两句，他就甩手出门了。我感觉不对劲啊，就悄悄跟踪他，我亲眼见他进了洗头屋。那时候，天色昏暗，是冬天，我确定是他。我转身打他手机，关机。我在不远处的暗夜里，瑟缩发抖，盯着。盯了好久，夜色深了，他才从那店门现身，像个鬼，贼头贼脑。他刚出门，我就在后面喊："邵宝，慢点走，慌什么！"被我抓了现行，他啥话不说，跟我回家，进门、关门、反锁，就开始对我棍棒相向。此后，他隔三岔五对我棍棒伺候。我实在忍无可忍，心凉了，拍屁股走人，这才进了城。话说三遍比屎臭。总之，一个月之后，我跑出家门，到城里讨生活。如今，好不容易有个栖身的老鸹窝，他又来了，来分家。哎呀，这遭天杀的货！我慌，我怕他：这次，他要进了我家的门，强行住下，不走，该咋办？他要是再打我，咋办？眼下，儿子不在，生生抛下他娘，去新疆打工了；女儿不在，在南方打工。咋办？

黄莹莹说："秀姐，他要是找你，欺负你，你就报警。""让他来吧，老娘睡梦里都在磨刀子，刀刃新开！"我又说，"我还要去上班，时间紧。"说着，我慌忙离开了长虹家园。其实我是怕在这招摇的地方被他看见了。虽说这是城市，但毕竟是新城。我住的长虹家园人口最多，加上拆迁安置户，总共三千多人。这还算繁华小区，其他小区人都不敢进去，人少啊，进去了，四面高楼环绕，玻璃寒光闪闪；钻进楼门，回声四起，自己说话都会吓着自己，人们都把新区叫"鬼城"，人迹罕至，如在冥界。长虹家园还好，人算多啊，但站在这小区门口，就等于站在老家的街口，最显眼，最招人。

我上班的地方在另外一个社区，远，我跨上公交车，心还在打战。说上班，其实是给人家做饭，城里人叫上班，其实就是打工，给人家做厨娘；说好听点是厨师，说不好听的，就是下人。那家公司有七八个人，我每天去菜市场买菜，之后，去他们公寓，给他们做饭，每天两顿饭——午饭和晚饭，每月两千三，还管饭。对我来说，这已经很好了，我都五十五岁的人了，能找到这份工，算是上天有眼了。春节发福利，公司一视同仁，米、面、油各两袋，能吃半年，还有瓜子糖果，我在乡下都没见过，他们对我够意思了。我呢，也变着花样做饭，上顿面条、下顿米饭，今天饺子、明天炒面，他们吃得可香了。

上了公交，我左顾右盼，没见邵宝，才稍稍安稳；下了车，直奔菜市场，这是我一贯的路线。我买了蔬菜和肉，还有成品的面条。原本计划今天做手擀面，现在却没一点心思去做了。回到公寓，已经快中午十一点，我手忙脚乱地开始做饭。莲花菜炒肉，炒完了，咋闻着有股子酸菜味？我一尝，糟了，把醋当成生抽用了。咦，味道还挺好的。乱了心思，做不成事。我又炒了一盘土豆丝，已经十一点四十，他们马上下班了。摆好碗筷菜肴，抹净餐桌，单等他们进门端碗。下班进门，小斌先坐在了餐桌旁，拿起筷子就夹菜，吃了一口，含混说："胡姐，酸菜炒肉，好香啊！"他们个个抢着吃，还赞叹呢！

我这才放下心。他们狼吞虎咽，吃完了饭，去睡午觉了。我一边慢慢洗锅刷碗，轻手轻脚，一边想事儿。直到他们睡过午觉，去上班的时候，我才大概收拾完了厨房。打扫完客厅，我该回家了。但今天我不回去了，回家有风险。我安稳地坐下来，在这里，邵宝他就是狗，也闻不到我。我马上打电话给邵莉和希希。我先打给儿子，儿子还是不接电话，还在赌气，像一头死猪，无声无息，走了三个月了，一直不接电话。

三个月前，我知道他有钱，有三四万块。为装修房子，我事先和他商量："房子住两年了，该装修了，要不，你找个对象来，见我们还住毛坯房，人家该咋想啊？再说，邵莉也大了，哪天领个对象回来，让她多丢人！"希希答应了，说："我出三万，装修。"好啊，装修到一半，我已经出了三万多了，工人跟我要钱，我跟儿子要钱，儿子像他爹一样，生铁一块，答复了两个字——没钱。哎，说好的，他要出三万，这节骨眼儿上，他说没钱，说得轻巧。我再三催促，他居然背着包走了，天哪！他在新区工作，在机场，听起来多好啊，机场！一提起机场，人们马上想到天上的飞机，是啊，好得很啊！他居然把这份工作说扔就扔了，走了。我听说他现在在新疆一家工厂做焊工，他是学过焊工的。在机场，虽然是搬运工，但工资不低，四千多呢，有社保，还有福利，夏天发的饮料喝不完，过年米面油不间断搬，又在家门口，不知道他是咋想的，跟他要钱，甩手走了，再也不接我的电话，连姐姐的电话也不接。邵莉说："别管他，看他飞到天上！你总是护着你儿子，我迟早是人家的，你从来不管我。现在好，走了，你急了，我走了几年，你咋不管？别念叨，我不管。"我真成孤家寡人了，活了半辈子，最后成裸奔了，剩下孤单一人。拼死拼活,我靠着娘家人的帮扶,好歹买了一套楼房,好歹摆脱了租住的铁皮屋,我觉得一下活出人样来了。这下好,儿子和女儿居然都走了,都不管我了。我伤心欲绝。空荡荡的新楼房装修完了,窗明几净,可是在这三十七摄氏度的炎夏,我感到寒冷,尤其是邵宝来了,更是冷得慌。咋办?知道这样,我当初就不买这房子。我辛辛苦苦,就是因为儿子在新区,又有工作,买了房,找个媳妇,我照样过我的好日子,让他邵宝看看。眼看着梦想成真,又成了这样,如今都可能鸡飞蛋打。这老天爷是成心捉弄人嘛!

儿子不接电话,我呆坐半天。女儿接了电话,只说了几个字"妈,晚上再打"。我就赶紧挂断电话,知道这时候女儿正在忙工作。房间打扫完了,干净整洁。我想躺着等一会儿就开始做晚饭,早早做,等他们进门就吃,吃完,我立马回家。我斜躺在沙发上,正在迷糊之间,邵宝居然找来了,扬着一张无耻的笑脸,说:"你躲过今日,逃不过明天!"我吓坏了:他咋找到这里了?天哪!我说:"来吧,老娘等着你呢!"说着,我手持菜刀,向邵宝的肚子戳进去,无声无息,他的肚子软软的,一股鲜血喷出来,染红了我的手,我的手滑滑的。他还在看着我冷冷地笑。我丢开刀把,看着手上的血向四面喷射。我的手咋啦?我缩着身子,一面向后挪动,一面大叫着,突然惊醒。这梦,吓死人了!我的手心里直冒冷汗。我过于紧张了,起身把门关得死死的,四面查看:没人啊,邵宝他不可能找到这里,这是人家的公寓。

晚饭做米饭，好做，快。他们也喜欢晚上吃米饭，好消化。我做了排骨汤，做了菜花炒肉，老板喜欢；做了西红柿炒鸡蛋，四姐喜欢；做了梅菜扣肉，小斌喜欢；做了我拿手的盆盆鱼，彩玲喜欢。四个菜，他们吃得满口生香。四姐说："胡姐，你也快吃吧！"我说："我今天不想吃，你们吃吧。我实在没有胃口。"

我匆忙收拾完厨房，出门坐车。我明明心里怕，不敢回去，怪得很，越是危险，还越要回去，怕碰巧他在家门口等着。我急着回去，站在公交车站，33路来了，人多，我没有上，又想延误一阵时间，感觉这一趟赶回去，会正好碰上邵宝。第二趟公交来了，我想，如果人多，我还要等下一趟。也怪，正是晚高峰，这点上，车上人稀稀拉拉，少见的景象，似乎是逼着我早点回家，我只好上去了。我心想，命该如此，我只好面对，一切都是天定的，连公交车都这么安排了，谁知道门口有什么等着我。

我怀揣着一把利器——公司的一把水果刀，出门的时候，我悄悄藏在我的包里。这次，我心里是装了仇恨的，实在不行，叫他看着办，就这，白的进去，红的出来，我是被逼急了。这是那场下午的噩梦给我的启发，我想，这也是老天的安排吧！也许，一场血案就在眼前。明天，也许我不可能再去给他们做饭了，他们回来，餐桌上空空荡荡。也许，派出所的已经给他们打电话了，午餐时候，冰锅冷灶。

进大门的时候，下班的人多，我总觉得有人跟在身后，就是邵宝；我没敢在人群里细看，也没敢向两边多看，直直地进了小区门。到了楼门口，我把手伸进了包里，攥住了刀把子，猛然回头，没人跟着；我继续向前走，按了电梯，电梯里出来一个男人，吃得肥头大耳，这样子和邵宝像啊，我的手攥紧了刀柄。但不是。那人看着我的眼神充满了恐惧，畏缩地钻出了电梯。我再猛回头，没人。我的手才松开了那东西，手心又是一把汗。下了电梯，家门口没人，"咣当"一声，门响亮地开了，我从没注意过这开门声如此之大！猛回头，身后没人，我赶紧进门，紧紧碰上了门锁。

我没吃饭，没一丝丝胃口。我的胃里填满了愤怒和羞辱。我无助。这空荡荡的房子不能帮我，反而成了目标。黄莹莹早上说："秀姐，他要砸门，就叫我，就报警。"我说："记住了。"我在这新楼上，和城里人做邻居才两年，人们都客气得像亲戚，嘘寒问暖，从没红过一次脸。他要来，难免大吵大闹，让邻居咋想？谁知道你家的家长里短？此前有邻居问："你咋一个人啊？"我说："男人死了，十年了，出车祸死的。"他们便不再问了，还说对不起。我也不明白他们说对不起是啥意思。如今，他突然冒出来，要是在楼道里喊："我是她男人，她不让我进门，大家出来评评理：这婊子，在乡下偷汉子，被我发现，现在跑到城里，还不认我！大家快来评评理啊！"那会是啥影响啊？我的脸往哪儿搁啊？还咋在这里住下去啊？我下定决心：他要来了，敲门，我就不出声，不开门。这是防盗门，不是老家的门，就是一头牛也撞不开，叫他吃个闭门羹，也尝尝进不了门的滋味，尝尝老娘的厉害！话虽这么说，我的心却一直在猛跳，右眼皮也跳。俗话说："左眼跳了进财哩，右眼跳了有灾哩。"神了！我的眼皮子五六年不跳了，这一次，我知道要出事了，一切都在暗示要出事。

出事前，我要给娃们说清楚。我又打通了女儿邵莉的电话，她喊了一声"妈"，我的嗓子眼就哽了，哽咽得说不出话。我尽力抑制，不让女儿听到我吭哧吭哧的声音，像要断气的啜泣声。她在遥远的南方喊："妈——妈——你咋啦？妈——"我挂了电话，正在淌着眼泪、放声哭的时候，邵莉又打来电话，我又挂了。等我恢复正常，邵莉又打来电话，我说："手机信号不好，没声音。"女儿说："省电话费吧？啥听不清，我知道你的小心思。"我笑了："就是，哪里比得上你们城里人狡猾？""哟，哟，你不也是新区的主人了吗？还这么谦虚的。"女儿笑话我，接着问："打电话干啥？钱的事就别提了。我知道，你给你儿子装修楼房，资金断链，我没有，要这事，就别提。是不是有别的事情？"我说："人找到我门口了，又欺负到我头上了。黄莹莹都碰上了，说我跑了和尚跑不了庙，要分家，分我的楼房。希希也走了，我该咋办啊？"我没出息的眼泪又下来了，哽咽不已。女儿这次是听出来了，说："妈，你别着急，是我爸吧？你没见他吧？""没见。""他没有打你吧？""没。""你放心，只要他进门欺负你,你就报警。我马上买票,就回来。"女儿说,"我再跟希希说,你放心。"我挂了电话,心里安妥了不少。

打完电话,抹净了眼泪,我才小心打开小卧室的门,走进客厅,赤脚走到大门口,没弄出任何动静,没有听到任何动静。我怕他此刻就站在门外。正在此刻,猫在客厅里喵喵叫着,像一团暗黄色的浊气,昏沉不清。它的叫声凄厉,似乎闻到了血腥和异端,很不吉祥,像邵宝的卧底。我气上来了,踢了一脚,那团暗黄色尖叫着滚了一圈,凄惨哀伤。我才想起,猫儿晚上也没吃饭,它又喵喵叫了两声。我急了,转身到厨房,开冰箱,提起菜刀,剁了一段香肠给它,它呜呜地嚼着,眼睛闪着光,冷冷的,像邵宝的眼睛。"咣咣咣——"门终于敲响了,来了,是时候了。我提着菜刀,随即走到大门口,耳朵搭在门缝听,没有一丝声音;轻轻打开猫眼,向外看,有个人,弯曲的楼道里只有一个人,是邻居家的女孩,大概才放学回来。我长长出了一口气,心里空荡荡的,像寂静无人的空山。

我回身坐在沙发上,不敢看电视,也不敢出声。我进了卧室,躺在床上,在昏暗的房间看手机,盼望来个电话,盼望有人低声跟我说话。我看着房间里安卧的拖鞋和闪着光点的瓷砖,暗含着某种冰冷的意味,有一股无名的哀伤和不祥感。我竟然落到了这种地步,真是孤家寡人了,尤其是儿子离开我后,现在,这种孤独无助感像滚滚浓烟,呛得我涕泗滂沱。

许久,电话真的响了,是儿子希希的。我接起来,眼前模糊不清，赶紧擦了一把眼睛，声音被堵塞。"妈——妈——"希希在远方的新疆喊。我说不出话，"嗯嗯"两声。他说："妈，你放心，别怕。这次，他要欺负你，我把他做死！"

这话一下让我敞亮了。我吸溜着鼻涕说："你在哪里，把他做死？""我在新疆啊，明天就回，我现在给他打电话，他要是来家里，别让他进门，一句话，法庭上见！""嗯，对呀，我咋没有想到这句话啊？"对，我儿究竟是我儿，邵宝他敢！我也想好了，他要是来我门口，我就一句话：滚，法庭上见！

又过了一会儿，希希又打来电话，说："妈，你放心，我跟他说了，他要干啥，我奉陪；他要动你一根头发，我非杀了他不可。他说，他要见我。我说，法庭上见，现在见了我没好处，不是缺胳膊就是断腿，弄不好就是你死我活。他再没说啥，挂了电话。"

半夜，我刚睡着，似乎听到敲门声，哐哐哐，一骨碌翻起身，随手提起枕边的水果刀，开灯去客厅，赤脚到大门口，楼道里灯是黑的，客厅里也是黑的。显然没有人，要是有人，这声控灯像只灵敏的看家狗，早就瞪着眼睛了，然而什么也没有。黄狸猫像一只死了的夜莺，一动不动，躺在我的床头，我从它半睁的眼睛里，能看出悲剧正在它的眼睛里预演。一夜几次，我都没有安睡。邵宝没有来，估计是没脸来，估计他想和儿子要钱花，儿子不在，找不到，也就罢了。但愿如此，阿弥陀佛！

次日一早，我正犹豫是否出门去锻炼身体，门又被敲响了！我心跳加快，浑身血液奔涌，头眼昏花，赤脚走到门口，忘记了从猫眼向外看看，刚要对着门大喊"滚！"，却听到黄莹莹的声音，她说："秀姐，是我。"我急忙开了门，黄莹莹朝后看了一眼，进了门，对我说："秀姐，我看见他了。""在哪里？""就在小区招待所门口，提着黑皮包。""他想干啥哩？"他说："要回去了，儿子也见不上，丫头也见不上，白跑一趟，回去了。"我说："他要使了计，骗我出去，我被他撞上，咋办？"黄莹莹说："就是啊，我咋没有想到？他不会吧？"我说："不会？那坏厮的点点子稠着哩，我知道。"黄莹莹说："那你别出门，我先去看看，再给你打电话。"我说："你先去，别着急，等到十点，我要出门去买菜，那时候你再瞅瞅。"黄莹莹说："你别怕，放心，我看着。"

我要离婚了，我这次是铁了心，离！

提心吊胆了整整一天，我终于熬到了傍晚，下班回家，我心里踏实了。邵莉的短信早就发来了，她坐晚上十一点的飞机；希希的短信也来了，他坐半夜十二点多的飞机。家里的晦气一扫而光，黄狸猫的眼神活泛了，叫声充满温情，家里死气消弭。我安心收拾房子，安心擀面条，安心炒菜，安心等我的儿女归来。直到半夜，他们居然真的在门口喊："妈，开门——"

我站在门口，连续两天憋屈的眼泪流下来。邵莉为我背来了广州的荔枝，希希为我背来了新疆的哈密瓜，都是好东西，那荔枝像透明玻璃球，吃起来甜得很；哈密瓜甜得像装满了阳光和白云。我先后两次走进厨房,为他们下了面,将热腾腾的面条端到桌子上,他们顾不得说话,吸溜吸溜的声音像两根水管在抽水。

三天后,我在儿女的陪护下,气势汹汹地去了老家的法院,告了邵宝:"我要和他离婚!"法官说,等开庭通知。

第四天,我就急了,又是老天的安排。我一个人在家,邵莉和希希出去了。有人敲门,我还以为是他们回来了,刚出去不久啊。我去开门,门口竟然站着警察,问:"是不是邵莉家?"我说:"是。"警察说:"你是她妈?"我说:"是,我是胡秀。终于等到你们来了,我就是要离婚。"我知道,这是事情到了调查阶段了,我要向警察好好倾诉一下,控诉万恶的邵宝!警察斜着眼睛问:"你离婚,你离婚干啥?和我们没关系啊!"我说:"那你们来干啥?"警察说:"我们找邵莉,邵莉人呢?"我蒙了:"邵莉?邵莉咋啦?"警察说:"你先别管干啥,人在哪里?"我支支吾吾:"人,人远呢。"警察说:"你说啥呢,什么远呢,在哪里?"我说:"同志,你先说,你们找邵莉干啥?快快进门说嘛。"他们进来了,邻居家的门开了,开了不止一家。两个警察进了门,说:"她在广东?"我说:"是啊,她咋啦?出啥事了?"警察说:"她涉嫌非法组织传销,诈骗财物。"啥?传销?这下,我真慌了,传销,我知道啊,这是犯法的事儿。我说:"她干啥我真不知道,她也没说过,前两天还打电话呢,说就在工厂上班,咋又在搞传销?你们咋知道她在搞传销?"警察说:"广东警方让我们配合调查,现在找不到人,所以我们来看看。"我说:"那她,她究竟骗了人家多少钱?我给你们!""现在还不好说,只有找到她本人才能搞清楚。"我就哭了,瘫坐在沙发上。警察似乎也心软了,说:"也没多大的事,她不是组织者,也是被人骗进去了。如果邵莉回家或者来电话,叫她赶紧配合公安调查,她也是受害者,说不定她也有损失,多少还能挽回一些。"我说:"这遭天杀的,咋干这事儿啊?这下事情惹大发了。"他们说:"回头你好好劝劝她,让她尽快和警方联系,洗清罪名,躲也不是办法嘛。"我说:"好,好。"警察走了。我眼看着警察进了电梯,下去了。

　　我进门瘫坐在沙发上。邵莉回家原来是躲公安啊!我的心凉透了:难道是正赶上我出了这事,她才回家来的?我想了半天,不管咋说,可不能让警察逮着她啊!我急忙打电话,邵莉接了。我说:"丫头,你到底回来干啥?""妈,你这话说得有点不近人情啊!你说我回来干啥?你啥意思,你?你忘恩负义啊!"我说:"丫头,警察都找上门了,我忘恩负义啥呀!"她说:"警察,哪里的警察?"我说:"就是新区警察啊,说是配合广东警方破案,快走吧!"这下邵莉声音有点慌乱:"真的?他们来干啥,走了吗?"说完这话,她可能觉得这话多余,又说:"妈,就说我在新加坡,别让他们找了。"我说:"是啊,他们走了,我给谁说去?我说你没回来过,他们让你尽快投案自首去。"邵莉说:"妈,你别怕,我这就走,你放心,我不拖累你。"我说:"什么拖累啊,快走吧,你有钱吗?""有,妈,我专门挣钱的人,没钱,我整天干啥啊?放心,我这就走了。"邵莉断然挂了电话,我感觉她像个影子,像消失在夜空的流星。

我呆坐了半天,再打她的电话,已经关机了。我心里悲伤复发,想:还指望她陪我去离婚呢,自己的屁股都没擦干净,咋办啊?这是祸不单行啊,丫头要是被抓进警察局,可就完了,她还没有结婚,以后谁敢要她啊!我再次感到孤独无助,打通希希的电话,那头一片嘈杂,有吆五喝六的划拳声。他说:"妈,晚上就回来了,别再打了。"

半夜了,希希才回家,喝醉了。他摇摇晃晃地被一个鸡冠头的男孩扶进家门,他的手里提着一个塑料袋,装满了食物。那孩子说:"阿姨,我和希希是老同事,他回来,我们高兴,一块儿聚了一下,喝得多了点——"说罢,他把希希撂在沙发上,像撂了一件东西,喘着粗气,走了。

希希躺在沙发上胡言乱语:"哎,我姐有钱了,大方得很啊——妈,快点,好好吃一顿,我感觉多少年没有吃一顿饱饭了。"我说:"啥意思?"希希说:"出门在外,不比在家,出门千般好……吃了上顿没下顿,再也不出门了……我都身无分文了,不是我姐救济我,都回不来了……"

哦,原来儿子是混不下去才回家的!

黄狸猫在我的脚下绕来绕去,声声哀求。

希希说:"这猫儿,大爷我都没吃,你就急了,滚!"说着，他趔趄着歪歪斜斜的身子，从茶几上抓起一颗白粉桃咬了一口，桃汁从嘴角流下。他从塑料袋内揪了一块肥腻腻的卤肉，丢向猫，猫像一片黄色的烟雾，裹挟了那块肉，嘴里呜呜嘟嘟地叫着，似乎要吞下这个世界。

2017年9月9日

自封为司令的爸爸

一

开了门,一股浊臭扑面而来,屎尿、汗液、腐臭的味道,闻起来像一团烂韭菜夹裹了一块刚出锅的臭豆腐。人这东西,真奇怪,无论什么东西,只要心理上接受,生理上适应得自然很快。譬如我的味蕾对这种臭味早就欣然接受了。我进了门,"咔——"随手关上门,恨不得把门缝里外泄的臭气拽回来。说实话,说是要拽回来,并非我多么喜欢这味道,是生怕泄出太多,冲进楼道,上蹿下泄,惹得上下邻居不满。其实吧,哪个邻居的鼻子都是敏锐的,没有齉鼻子,只是没人明说罢了。何况爸妈住在一楼,又是楼梯房,人人躲不过,邻居们进了楼门便加快了脚步。唯有小孩子不加掩饰地喊臭,捂着鼻子跑,一边狡黠地张望一下味源所在的这扇邮政绿的铁门。连同五楼那自带狐臭的白面少妇,每每经过一楼都要夸张地抽着鼻子。

这臭味来自我爸爸，现在他坐在轮椅上，面向阳台，远眺窗外。在这臭味中，那只黄色的狸猫显得愈发灵敏，我一进门，它像一道混沌的影子，越过重重障碍，缠在我的脚踝边，蹭着头，连绵不绝地叫唤。

"一团长吗？"爸爸听到了动静，在阳台上喊，中气十足。

"报告司令员同志，一团长李顺报到！"我关上门，在换拖鞋的同时，字正腔圆地说。我要努力让爸爸觉得这话是我挺直了身子说出来的，而不是随意佝着身子，趿拉着鞋，很不严肃地说出来的。

"前线战况如何，一团长？"爸爸的口气是三个月来一贯的首长派头。

我抬起头，看见爸爸已经扭转轮椅，面向大门。那轮椅像一扇小小的门，向我敞开，门内是爸爸浮肿而严肃的面孔，背着光。

我立正、敬礼："报告司令员，今天302高地差点被敌人攻陷，幸亏我及时采取迂回战术，将敌人撇开……"

我一时没法"报告"下去，三个月来，我所报告的这场战役的战况一直没有变化，都是"险些""差点""几乎"被敌人攻陷，自己都觉得无趣，而爸爸每次听到都显得兴奋异常，正如我童年听他讲战斗故事一样。正当我的报告难以为继时，我突然想起教育局纪检书记在全校职工大会上的特别训导："我们的有些同志正在悬崖边上，我们还想拉一把；有些同志已经掉入悬崖，还不自知；有的已经悬崖勒马……"我的思路一下打开，我继续向司令报告战况："然后我们来了一个腹背包抄，敌军被逼到了悬崖边，有的跳崖，有的投降，有的跪地求饶，敌师长正要自尽，被我活捉。我军乘胜追击，夺回了302号高地，全线大捷，缴获了大批装备弹药！"

也许是今天的"战果"格外辉煌，爸爸异乎寻常地兴奋，他挥着手，他的手五指并拢，直伸向前，似乎是向我回礼，却没有抬高到额头处。如果他身体灵便，他一定会奔过来拥抱我。他虽然兴奋，但还是老套地说："好样的！一团长，你为祖国和人民立下了赫赫战功，现在我以司令的名义，授予你作战一等功勋章！希望你再接再厉，为祖国和人民再立新功！"

我再次立正、敬礼："感谢司令员，感谢祖国和人民！"

我正步走过去，爸爸却将一条臭毛巾双手呈上。我庄严地伸出双手，端端正正接过来，左手托着"勋章"，再立正，右手五指并拢，敬礼，我看见爸爸的眼圈发黑，目光明亮；我再向后转，目视前方，对台下"千万将士"敬了一个巡回礼。

爸爸却一脸嗒然，说："我，饿了，我要喝水——"

"好的，司令员同志！我马上办！"我转身去找水，心里怨怼妈妈，想起她多年来对爸爸的不屑和冷漠，想暗示两句，喊了一声"妈"，却无人应答。我端着水杯，将杯口递到爸爸嘴边，那厚唇吮着水，咕嘟咕嘟地专心喝着，眼睑低垂，像个孩子，似乎要一口气喝尽这杯水。水珠从他的嘴角滴下来，我急忙端正了杯口，他的嘴空空张着，咂着嘴角的水。他好像不是在喝水，而是在喝什么琼浆玉液，醇香异常，令人羡慕。等喝足了水，爸爸便长叹一声，疲惫地将头靠在椅背上。

我想妈妈一定在打着呼噜睡觉，或者在低头刷微信，或者在听书。妈妈七十二岁，爸爸七十八岁，是的，没错，爸爸整整比妈妈大了六岁。妈妈一直有年龄优势，至今也是。当年她是在爸爸穿上了军装、戴了红花即将离开小城的那一刻喜欢上了爸爸，并将原本没有明确馈赠目标的红手绢塞给了爸爸，算是私订了终身。后来她便跟着爸爸，走出了小城，在西安成了随军家属，直到爸爸转业，又回到了这小城。自全家重回小城之日起，她便开始看不起爸爸了，直到如今。自从爸爸自封司令员，她对爸爸更为不屑了，她总是说："做了一辈子梦，还在说梦话——"

我回头看见妈的屋子门关着，妈一般很少关门啊。我轻轻推开门，妈不在，窗户边却站着一个女人。窗户开着，她的背影让我感到很陌生。她是我大姐。她扭了扭头，戴着口罩，手持手机，在说话，似乎是在谈工作，很庄重隐秘的样子。她手背向我舞了舞，一股无形的气流冲我而来，我明白她的意思：出门，关门。

我又问爸爸："司令员，我妈呢？"

"牺牲了……"爸爸说。

"胡说啥呀——"我想要在后面缀上"司令员同志"，却有点生气，没有说。

自封司令员之前,爸爸是寡言的。在我的记忆中,他很少说话,妈妈如何挖苦讽刺,他都一笑而过,每日喝上两盅小酒,自己在小院的树荫下哼两句秦腔,或者拉上一阵二胡,待到夜色沉沉,进屋安睡。怪了,自从他脑出血被抢救过来,话匣子一下被激活了,似乎多少年没说的话聚成了一个大水塘,一下找到了出口,他喋喋不休,变得能说会道,语言功能彻底得以开发,而且还是官腔!好啊,真好!我内心感慨,幸亏爸爸被抢救过来了,否则,他这辈子连话都没有说完,就走了,那该是多么遗憾啊!妈妈却不同,回到县城的那时候,正是20世纪80年代初,交谊舞刚刚时兴,她早就在部队学会了多种花样,于是,她成了交谊舞大师,还和人办起了交谊舞学校,当然也办舞会,还卖门票。爸爸却一次也没有去过,他不会,更是不屑,却从未明确表示过不屑,也许是不敢明确表态反对。我记得小时候妈妈动辄就要踢爸爸几脚,不止一脚,她连着踢,直到解恨,爸爸乖乖被她踢,踢完了自己上药疗伤。他在军营是卫生员,回到县城是兽医站的站长,给自己包扎这些小伤口不在话下,又不花钱,也不浪费时间,踢了就踢了。所以,爸爸是有点怕我妈的,这我懂。另则,对男男女女搂搂抱抱、扭扭捏捏,爸爸更是不屑,他认为这是资产阶级腐化作风。这一点,我也认同,上大学的时候,下了晚自习,同学们便推开桌子,打开录音机,开始跳舞。我却背着舞池,看书学习,甚为不屑,这是我爸的基因传承的结果。妈却不然,尽管她都七十多岁了,近几年,她又成了广场舞的大妈团队的引领者，每天早晨拉着音箱，在广场呼风唤雨地旋转，我称之为"胡旋舞"。就在爸爸自封为司令员之后，她也没有落下一次，风雨无阻。

对此，我们兄弟姊妹也认了，她老了，想干啥就去干吧。我对妈妈的讽刺挖苦她也早有了免疫力，大姐却说："这是群众文化的创新，应该大力提倡。"可爸爸无论如何也不能说她牺牲了啊，这不是诅咒吗？也许是爸爸潜意识的流露吧，他对妈妈的厌倦大概从刚结婚就开始了吧。

爸爸坐在轮椅上，蓦然看着我，眼神充满疑惑和恐慌，继而放空眼神，一分钟，我正色严厉地与他对视，他似乎忘记了自己是我的上司，是师部司令员，而我仅是"团长"，他似乎恐惧了，急忙扭转轮椅，又看着窗外，莫名其妙地喊："完了，我的战友，我的部队啊——"说话的时候，他似乎面对着千山万水，面对着战火燃烧的大地。

我一下悲伤起来，说："爸爸，对不起！"我想要说下次别这样说妈妈，爸爸似乎连听都没有听到，他高唱起了军歌："向前！向前！向前！我们的队伍向太阳，脚踏着祖国的大地，背负着民族的希望，我们是一支不可战胜的力量……"

爸爸，你别这样啊！别唱了！我心里喊。

我进了厨房，妈妈也不在。想到爸爸说的妈妈牺牲了这话，我陡然悲伤难抑。这个家，随着爸爸自封为司令员开始变了；其实，在自封之前，就变了。

二

三个月前，我爸突然发病，脑出血。

爸爸虽然是兽医，但是人畜一理，他对自己身体的管理是毫不松懈的。他血压高、甘油三酯高，他是清楚的，所以，他平日吃饭总是多吃菜，肉都被妈妈吃了，而妈妈的血脂却一点也不高。按照妈妈的理论，她的脂肪都被她跳舞跳掉了。爸爸吃起菜来嘎吱嘎吱，小时候妈妈说他吃菜像牲口吃草一样，后来想，那声音真像。爸爸说："你看哪个牲口像人一样，会得脑出血、脑栓塞？"因此，爸爸的身体突然发病不是身体本身的原因，是情绪导致的。

三个月前，农历二月二，正是周日，妈妈打电话，叫我："老三，中午过来吃饭，商量个事情。"我开玩笑，说："又是什么军国大事，还要搭上一桌酒菜？"在我们家里，所有的大事都由妈妈主导，爸爸一概插不上手。妈妈是实际操控者。妈说："什么大事？就是那老院子的事，我想卖了，你说呢？"我说："卖就卖吧，随你和爸爸，我就不参政议政了。"妈说："没良心的，关键时候你不参政议政，你不要是吧？"我说："给我就要啊，咋不要？我这苦难重重的，你不帮我谁帮我？"妈说："你过来再说。"

老院子，就是前面说的，在我小时候爸爸拉二胡的地方，早就不住人了。这是属于爸妈的房产，妈妈突然要卖了，这让我不禁心生疑惑：好端端的院子，卖了干啥？假如我老婆在的话，我会通知她："老婆，今天召开全家大会，要讨论卖院子的事情。"老婆一定会说："老院子我们要！"我一定很吃惊：她咋想要这院子？"住呗！"老婆肯定会说这俩字，这提醒了我，其实我也想过这事。我继续假定问："你有钱买吗？"老婆会说："这还不简单啊？分期付款。"我会说："那你会上说。"

十二点，我们都到会了，只有老大没来。妈让我给老大打电话，我有点迟疑。妈说："打啊！"我只好打过去。老大说："今天加班，来不了，你大嫂代表，她已经过去了。"我汇报给妈，妈就开始骂起来："行囊（方言，窝囊废的意思）、木头，啥事都让老婆代表，都快五十的男人了，自己就没做过一回主，和你爸一个德行！"我听她这话，也许爸爸对卖小院子持反对意见，妈在向他撒气。我说："妈你别说了，有啥大不了的！"二哥低头抽烟，啥话不说，也越来越像爸爸。正在此时，敲门声响，大嫂来了。先是吃饭，谁也不说话，妈妈给了一瓶酒，我们父子仨分着喝了。爸爸喝得多点，估计四两，我们兄弟俩每人三两。喝完了，饭也吃完了。我说："妈，不是还有一瓶吗？"妈说："行了，还要说事，别喝了。"我说："妈，有事就说呗。"妈说："这老院子是我和你爸的，我们想把它处置了，趁我们还能走得动，去旅旅游，你们有啥意见没有？""没有。"大家先后都表态。唯有大嫂没表态，妈说："老大家的，你有啥想法？"大嫂说："我的意思，这老院子也算是你们一辈子的产业，是祖业，还是留着，也是留给后人们的念想，卖了可惜。"爸爸只说了两个字："就是！"就被妈打断："你闭嘴！老大家的，你说完。"大嫂看这架势不对，停顿了十秒，看了爸爸一眼，爸爸低着头。大嫂见状，又说："你们也老了，想要旅游，我们出钱你们去转。"妈说："你出多少？一千，一万，十万？"大嫂说："花多少出多少吧，你们能去哪里？再说，我们哪有十万八万的？"妈说："没钱，我们转啥？我们想去欧洲。"二嫂却扑哧笑出了声。二哥扭头狠狠瞪了一眼二嫂。二嫂低下了头。妈转而说："老二家的，你有啥想法？"二嫂说："我没意见，想去欧洲，好像存款要达到多少万才行。"妈语气沉重地说："我问的是院子。"二嫂已然有些紧张慌乱，说："没意见，卖不卖都是你们的权利。"妈看着我。我老婆要在，妈一定会说："老三家的，你呢？"我老婆一定会说："妈，要卖先内部销售吧？有没有内部价？"二嫂一定又笑了，说："就是啊，妈！"妈会说："老三家的，你啥意思？"我老婆会说："妈，卖给我们吧，我们要。"妈说："老大家的、老二家的，你们要吗？"大嫂说："我们还背着多少债，你也清楚，刚刚给涛涛买了房子、办了婚事，哪有钱啊？买不起。"二嫂捣了一把二哥，说："要不要？"二哥低着头，一言不发。"不说话就是不要对吧？"二哥说："不要。""好，老三，你也表个态。"我说："要，不过钱不是现款，我要办贷款。"妈说："不管怎样，你给我钱就行。"大嫂突然问："妈，你准备卖多少钱？"妈说："多少钱你先别管，不要就等于弃权。"大嫂这下站了起来，说："妈，你一碗水能不能端平？这不是明摆着给我们下套吗？我们明明没钱，你却提出来要卖房，卖房你又不明说价格，这不就是想给老三吗？给就明着给吧，何苦这么遮遮掩掩的？"我老婆要是在现场，她会突然说："大嫂，话不能这么说，怎么叫给我们？""啪！"妈拍了一下餐桌说："老大家的，这院子轮不到你说三道四！要，内部价；不要，我就是给了，也是我的权利！"大嫂说："妈，老大不是你亲生的吗？老三从小占尽了便宜，结婚还要我们大家分摊费用，到今天了，他做了人民教师，我们却是一个个的下岗穷工人，你还偏三向四。这房子给他，我不同意！"妈说："老大家的，这房子和你有一分钱的关系吗？"大嫂说："我代表的是你儿子，当然有关系。"妈又站起来，又要拍桌子了。我老婆要在，她一定会急忙说："我不要了，不买了，送给我，我也不要了，行吗？大嫂，你要的话，我借给你钱，你买！真的，大嫂，借多少？"大嫂会说："老三家的，你不要挤对我，我没钱，我们穷，行吧？"眼下，大嫂却说："我们不玩了，行吗？你们玩吧！妈，你捂着心口想想吧！我和你儿子一个月加起来不到四千块钱，这时候，你要卖房子给我们，算了……"二嫂拉住了大嫂的胳膊。

  这时候，爸爸急了，说："不卖了，不卖了！散会吧！"

  妈说："别散！走？今天你走了，以后就别再进这门！"

我说："大嫂，别着急，慢慢说，走啥走啊？"我捣了一锤二哥，二哥一动未动，木然地抽着烟。妈说："这房子非卖不可，先内后外。你们不要，我就问两个丫头；两个丫头不要，我再问孙子；孙子不要，我就交给中介，外售。现在老三提出来，就卖给老三。老三没个家，还带着孩子，这话我就说白了，就是偏着老三。你们一家一窝的，老三呢，一个男人带个娃，也五十的人了，咋过？你们就这心肠，咋没有人提出来说给老三？都打着自己的小算盘。说啊——他不是你们的亲兄弟吗？你们连起码的同情心都没有，他是你们的亲兄弟啊！"

妈妈显然已经很激动了。我也无话可说了，似乎这房子是因为我没有女人才该卖给我的，我屈辱。我想要说什么，妈妈再次说："这房子就给老三了！"

妈妈的最后这句话把我吓了一跳，我突然觉得事态严重。妈的决定似乎在暗示，此事是早就商量好了，今天只是例行开个家庭会议，做做表面文章而已。这让老大和老二咋看啊？

我坚定地说："我不要，妈，这房子我不要！"

果然，大嫂酣畅淋漓地笑了："既然话都说到这份儿上了，还装什么？"说完她真的背上包："你们慢慢商量吧，反正和老大没关系。老三没女人，应该给他，应该的，谁让他没女人呢……"

我再次受到了侮辱。

"你这个行囊！都是行囊！都是软蛋、木头！"妈咆哮起来。

二哥站起身，也要走，二嫂在身后跟着，瞅着二哥。

"都走，你们都走，老娘我还卖不掉了？一家子的行囊！"妈还在骂。

爸爸脸色苍白，站起身，原本挺直的腰杆一下塌了下去，蹒跚走到门口，开门，却被妈一声断喝："站住！话没说完，你走啥？"爸爸没有说话，扭转了半个头，却满面通红地又扭转回去，坚定地出了门。

按说，妈妈在此一刻要哭一场的，她却没有，眼里连一点泪花都没有，说："走吧，都走——"她端坐在沙发上。

我说："妈，你急啥啊？慢慢来吧……"

妈说："我们都是棺材瓤子了，这些事情不说好，将来你们又为这三间老鸹架置气。说吧，你们看，就这——"

二哥又点了一支烟，默默抽起来。

"给你大姐打电话，老三——"妈妈突然想起了大姐。

"妈，你就饶了我们吧，还嫌不乱啊？"二哥终于说了一句话。

三

谁也没有在乎爸爸。在家里，爸爸似乎是可有可无的，他走了，也许就去茶社唱曲儿去了，或者拉二胡去了。谁知道，事情就在当天下午发生了。也就是在我们安慰了一阵老妈，全部离开，走出家门的四小时之后，妈妈在电话里喊："顺子啊，快来公园，你爸不行了！"

正是下午六点多，我给孩子做臊子面，土豆、豆腐、葱姜蒜、大肉都已经全部切成了小丁块，正切一根红萝卜，咯噔——左手食指的一块指甲被切了，露出红红的胶质层，我正痛得吮着指头。

接到妈妈的电话，我蒙了。后来想，十指连心啊，活该要出事，这难道是上苍的暗谶不成？我急忙放下菜刀，在案板上留了十块钱，让女儿补课回来好去买饭吃。

我骑了自行车，呼哧呼哧奔向爸爸。

爸爸一身尘土，嘴角吐着白沫，颤抖着，空挓着手，半躺在妈妈的怀里，这是我见到的他俩最亲热的一个画面。

爸爸是在公园里坐了半天，转身要回来的路上突然摔倒的，突发脑出血。幸好公园里人多，好心人用他的电话给家里打了电话，妈妈先赶到现场。

看到爸爸这样子，我急忙打120。此刻，大哥大嫂、二哥二嫂都来了。我给大姐打电话，大姐说："快送医院，我安排。"小姐姐接了电话就哭了。大嫂拍打着爸爸身上的尘土，哽咽地喊着爸爸，说的话都含混其词，似乎是在道歉还是什么，被老大一把拉到一边去了，她跟跟跄跄，差点摔倒，蹲在原地，捂着脸哭。救护车来的时候，她还在原地，我喊大嫂，大哥说不管她，快，救爸爸。

爸爸在病床上躺了八天，不省人事。他面色红润，双眼半睁，安详地长睡。我感觉到爸爸离死亡不远了，他浑身插满了管子，像航天员一般。

第九天，大夫把我们子女都叫到了一起，说："老爷子很危险，咋办？"没人吭声，我们三个儿子此刻和父亲难能可贵地酷似。大夫说："两条路：一是好去好回，他不受痛苦，免遭折腾；二是抢救。救活，说白了就是瘫痪，重者痴呆，对病人是痛苦的，对你们子女更是折磨，久病床前无孝子，他神志能否恢复，很难说。你们商量一下。"

那一刻，大姐坚定地站出来问："你说什么？"

那大夫戴着很大的口罩，我看不出他是否恐慌害怕，只是看他眼神闪烁，不敢说话了，嘴里只是说："家属，这——我说的也是真话，你们商量吧！"他转身要走。

"站住！你们身为医生，治病救人是你们的天职，对不对？"大姐质问的同时，那大夫又生硬地回过身来。

"家属，您别生气，别生气！这样，我们全力抢救，全力抢救，胡大夫的意思是跟你们商量一下，这是征求意见。"院长此时不知道从哪里钻了出来。

"张院长，没啥好商量的，我说了算，全力抢救！"大姐说完，院长沉默不语。

爸爸就这样被救了下来。他睁开眼睛是在次日凌晨五点，我感觉他动了动，此时医院只有我和二哥，老大在单位值夜班。

爸爸五指像天女散花般地空挠着，含混地喊叫了一声，不是喊我，不是喊任何人，是像婴儿一般的叫喊，他活过来了。

妈妈是在跳完广场舞、吃过牛肉面才来医院的。进了病房门，她看见手舞足蹈的爸爸，说："这是咋回事？"

"什么咋回事？爸爸活过来了，妈！"我说。

妈妈说："遭罪啊！老爷子，你咋又回来了呢？"

果不其然，大夫下结论：神志不清，下肢瘫痪，只能坐轮椅了。

此后，爸爸的下肢没了力气，再也没有铿锵有力的步伐了。他瘫了，大小便失禁。大姐慷慨地为爸爸买来了崭新的轮椅，我们将他扶上去，爸爸扶着轮椅的扶手，眺望着前方，挥舞着右手，喊："同志们好——"

天哪，他是把自己当首长了。

我急忙接着："首长好——"

爸爸微笑着向我挥手，面色红润，表情宽容。

他们都像人民群众，在旁观，在微笑，或欣慰，或自豪，或感慨，或遗憾，或旁观。

没错，爸爸的神志回到了一个假想的战争环境，自封为司令员，任命我为一团长，二哥为二团长，大哥为三团长。按理说，这个顺序应该倒过来才对，不过对此任命，谁也没有提出异议。

但他没有任命我大姐任何职务，大姐夫更是没份。大姐是副县长,姐夫是民政局局长,他们实在也没必要接受任命。

小姐姐为文工团团长,她喜欢唱歌,很乐意。小姐夫为勤务兵,小姐夫老大不高兴,当即就和他争起来,幸亏我及时解释,小姐夫才晓得这是哄老爷子的游戏,转而窃笑了起来:"爸爸,大姐是啥?"

大姐急忙接过话茬:"我还用他任命?"

四

爸爸自封为司令员,是有原因的。当年他是最后一批入朝志愿军,只是还没有入朝,刚到三八线,战争结束,随即撤回了。

战斗的理想没有实现,英雄梦也最终落空。可怕的是妈妈的梦想也落空了,她是冲着爸爸要上前线作战才给他塞了手绢的,要知道他上不了前线,戴不了红花回来,做不了英雄,塞手绢给他干啥?可这怪不得爸爸啊,妈妈似乎没有这么想,虽然也是接受了光荣的军婚,但她对爸爸的表现并不满意,加之,此后爸爸又被分配到了军工厂,相当于工人,再后来又转业到我们本县城的县兽医站,好歹成了干部。但爸爸越来越落魄,话也越来越少。妈妈却恰好相反,她去了部队,随军家属做得有眉有眼,舞会上她几乎和全团战士都跳过舞;到了工厂,她又是供销部的头儿,在物资匮乏年代她自然是大权在握,出尽了风头;同时,她的忠字舞、样板戏都演得有声有色,虽然没有做过主角,但她是左右局面的导演助理。嗯，厉害着呢！不过后来，她就很少提这些了。回到县城的情况前面说过，她是从文化馆退休的。需要如实交代一句，她的文艺才干和美貌曾经也是迷倒过县上几任领导的，否则，哪有大哥二哥的工作。不过需要申明的是，我这老师是我自己考取的，至于后来分配到县一中，估计少不得妈妈的转圜和周旋，其实她也喜欢干这个。她也以此为豪，更何况我还是大学生呢。

这些，原本是不足为外人道的。眼下的问题来了，爸爸这情况需要照顾。"怎么照顾？"大姐站出来问我们四个。我说："值班，每家一周，然后从头再来。"大哥、二哥、我和大姐、小姐姐，兄弟姊妹五个，开始还好，大家尽心尽力，尤其是大嫂，端屎端尿，洗漱做饭，我都有些感动。问题出在了大姐身上。按照年龄大小，应该先轮上的是大姐，但是大姐一直忙，终于轮到我值班的时候，她主动表态，下周她值班。

大姐值班的那一周，原本周日早上八点接班，当日我等到了下午六点，她才缓缓而来，进门捂着鼻子，指着窗户，我当然明白她的意思，但是阳台前坐着爸爸，打开窗户，爸爸会感冒的。我端了一杯水过去，给了爸爸。她也不关门，径直来到阳台，打开了窗户。我只好将爸爸推到了卧室，匆匆回学校去跟晚自习。

次日早上，大姐给打我电话，说："顺子，我今天有个重要的会议，不参加不行。你看，你过来一下，我给你们校长说。"我说："别，李副县长，我自己长嘴了。"她便挂了电话，此后,我也少见她的芳踪。再后来,她只是电话问询一下,检查工作一般。对此,我颇有微词,可是妈妈却不这样想,她说:"你大姐就别值班了,她是领导,哪有工夫值班?别安排她了。"我们只好听之任之。

"司令"的情况一直没有好转,好转了的只是他的食量。他食量惊人,早餐都要吃一小盆的奶粉泡馍。吃过不久,他就喊饿。显然他的消化极好,没了饥饱感,每天排泄几次,他总是喊:"隐蔽,隐蔽——"

当日,我汇报完战况,给爸爸喝了水,爸爸唱完军歌,大姐才从卧室出来。此一刻,爸爸正好喊:"隐蔽,隐蔽——"

"大姐,你去吧,"我说,"有我在,李副县长尽管放心!"

"少贫!"大姐对副县长的称谓并不满意,她是希望我称她县长,我却偏偏要带个"副"字。

"李副县长,你没听见爸爸说'隐蔽'吗?"我笑着说,"我们要开战了,难道您想亲自参战不成?"

大姐没理睬我,出门前,描眉画唇,端起了美女副县长的架势,开门,咔嗒关门,昂然而去。

自从爸爸进了医院,爸爸的五谷轮回之事便成了大事。但无论如何,爸爸把此事一概雅称为"隐蔽"。大姐走后,我说:"爸爸,该隐蔽了!"我调整轮椅靠背,让爸爸躺下身子,他语重心长地说:"注意安全。"我解开他那使用多年的军用牛皮裤带，一股浓烈的味道袭来。我拉下他的裤子，那味道像群蜂来袭，我调整呼吸，又拉下他的军用内裤，尿不湿的边缘冒出了黄色的黏稠物。那股味道从我的怀里蹿至我的鼻腔，冲淡了先前的"蜂蜡"浓味，不单纯的臭夹杂着臊，还带着药味，杂驳的异味混合在一起，没有哪一种能一时凸显，我的呼吸顺畅多了。我甩着双手，用纸巾擦完了爸爸巨大的白屁股，这才将两袋秽物提进厕所，倒入马桶，随着哗哗的流水，将其冲刷一空。

  我打了香皂洗了手，拿毛巾准备给爸爸去擦擦身子。走到爸爸身边，发现他歪着头，涎水长长地拖在地上，像一根怪怪的东西死死牵扯着他的头。我喊："报告司令员，一团长已经赶走了鬼子，现在结束隐蔽！"

  他还是一动不动。我急了，大喊："司令员——"

  我颤抖着双手，轻轻扶起他的头，他亲热地看着我，突然微笑着说："顺子，我的儿啊，爸爸要走了，别告诉他们……"

  爸爸松松垮垮地歪过头，手臂软塌塌地耷拉下来，斜挂在轮椅一侧，我看见一个白色的药瓶从他手里滑落下来，神神道道的，骨碌碌滚向一个灰暗的角落。原本在爸爸脚下念经的黄狸猫像一个无形的影子，应声飙了过去。

2018年5月4日于广州北京路

掘墓时刻的微火

> 我走进一座宽阔的坟场,密集的坟丘让地表起伏不平。棺材都敞开着,有烈焰燃烧,传来悲鸣之声。
> ——但丁《神曲·地狱篇·第九章》

一

清晨六点,一阵说话声抹白了窗外的天空。大东(红白喜事的主事人)在麦草凌乱、幡纸作响的院子里来来回回,家驹被惊醒。昨晚,家驹睡在正房的炕上,离他的头顶一米开外,是另外一个头,只不过这个头在两天前的下午三点钟就已经死亡,眼睛是闭着的,嘴巴也是闭着的,耳朵虽然张着,难说能听到什么,鼻孔虽然也张着,定然嗅不出所供饭菜的美味。如今,这些曾经灵动无比的器官和他僵硬的身体一同装在透明封闭的冰棺里。他戴着崭新的帽子,脸上盖着苫脸红布,浑身上下穿得崭新崭新的，端端正正地躺着。如果他还活着，他们这一夜也许要和他说很多话，甚至把所有的话都说完，最体己的话都要说出来。昨夜睡前，家驹想过，在这最后的机会，和他要在梦里长谈一次，有什么话，他可以趁此最后的机会，一起聊聊，明天走出这个院子，怕是再难相聚了。然而，前半夜，不知道是谁的疏忽，也许是死人太累了，也许是自己长途奔袭太累了，各自沉沉入睡，近在咫尺，没有梦见，似乎他们之间已经相隔很远了。

三更时分醒来，家驹扭头看了看那死人，死人一动未动，家驹心里在想：哥哥，你有话今晚要说啊，再不说，我们就再也没有聚首的机会了。家驹知道，这是最后一次，也是他此生和哥哥同室共寝不多的几次之一，此回错过，永不再来。家驹下了炕，侄子和侄女偏着头熟睡着，家驹想，不知道他们有没有梦见他们的爸爸。家驹悄声下地，看了一眼一片模糊的哥哥的面容，似乎哥哥也睁开眼睛看了他一眼。家驹在粮浆盆（祭祀盆）里点了一张纸，心里祷告：哥哥，有啥话回头要聊一聊。家驹出了大门，院外黑黢黢的，黑暗处似乎藏着哥哥的身影，窥视着自己。家驹上完厕所，进屋，看了一眼直挺挺的哥哥，哥哥也看了他一眼。家驹上炕，躺在炕上，想着头顶不远处的哥哥。突然，哥哥从炕上翻身起来，从军装衣兜里掏出一沓钱，伸手给他，也不说话。家驹看到哥哥不舍的眼神，似乎只是做做样子，并没有真心想要给他；哥哥的手没有伸展，只是缩在衣兜前，一沓钱并没有递到他的手边。正在欲接不接的当儿里，他听到院外的脚步声和大东带着回响的说话声。

家驹躺在炕上回想了一下,思谋哥哥这奇怪的动作:钱这东西就是重要,没命了都舍不得的东西还是钱。

听到院内的响动,家驹不敢赖床,急急起床,看了一眼冰棺。哥哥在昏暗的棺内一动未动。出门的时候,他蹲下身子,抓起一把黄表纸,点在了粮浆盆内。火光映红了哥哥的黑白遗像。那是他年轻时的一张照片,乌发明眸,颇有神采,似有多少隐伏的愿望等他实现。如今,那眼神似乎略有失落,似有遗憾留在人间。家驹心里劝慰了一句:无奈啊,能怎么样呢?没有谁的人生是实现了所有愿望才画上句号的。他又盯着那张脸仔细看了一眼,此前失落的表情没有了,似乎已然释怀。回头看粮浆盆内的火,烧得旺,但不热,只有光,略有温暖,像哥哥那所见不多的眼神。

大东的声音不大不小,叮嘱厨师热羊肉,加汤,热乎些;打坑的人先吃,吃完了快走。家驹心想,大东做得够到位了。

很快,火炉口炽烈的焰火在鼓风机的鼓吹下直喷到锅底,大锅里羊肉翻腾。肉是昨晚已经煮熟了的,一热就好。打坑的人陆续来了,几乎都是陌生的面孔,围坐在铁皮圆桌周围。风水先生坐上席。羊肉是大块的,盛在大脸盆里,摆在桌子中央。有人吃了一块,有人吃了两块。家驹吃了两块,然后,喝了一碗汤。人们在汤里面泡了馍,谁也没有吃出汗来。

出门的时候,大东已经打开音箱,丧乐在这个小村庄的上空低回，将初秋的蒙蒙天色渐次揭开。面包车的挡风玻璃上有一层薄冰，家驹找了一条破抹布，擦了好几遍，才把薄冰擦掉。

墓地离村庄不远，步行需半小时。穿过田地中间的水泥村道，出了边墙（长城），沿墙头凸凹的边墙外西行八百米，就是头道河，沿河道北行五百米，就是家驹父母的墓地、他们家的墓园。

墓地在河道东边，是一块小湾地，僻静且隐蔽。当初风水先生说，明庄子暗坟，好地方。河道干涸多年了，家驹从未见过这条河里流水的样子，哪怕洪水，所以，这河也是徒有虚名的河。小河是从祁连山东麓往北流下来的，上游叫头道河，流到这里，就没有名字了，也没有水了。河两边原本是空地，如今像一个新的村庄，各家的墓地密密麻麻挤在一起，下面埋着二十年来死去的村人，有年轻人，也有老人，有的出了车祸，有的死在手术室，有的猝死，有的老死，他们活着在一起，死了也在一起。

昨天下午，家驹陪风水先生手持罗盘，用红线为哥哥划定了他的墓地位置，就在爹爹的左下方。风水先生说："你看，这是你哥哥的位置，过来就是你嫂子；再过来，就是你；你的边上，就是你的婆姨。"风水先生的话像终极结论，不管你现在身处何方，终究你得回来，这里的黄土才是最终埋你的地方，就在这里，分毫不错。

此刻，六点半，斩草的时辰到了。微寒的天空蒙蒙亮。风水先生让家驹去祖坟头的墓碑边烧了纸钱，将一块红色的绸被面挂在碑头,上香、奠酒、叩首。然后,风水先生将长长的稻草撒在墓地的红线内,一边拿铁锹狠狠斩下去,一边念念有词,大意是这个位置从此属于哥哥独享了,这是一块吉祥之地,也是一块保佑后人富贵荣华之地,此后无邪无灾。他是以七字句说的,抑扬顿挫,起伏有致。长长的稻草被斩成了一拃长短的草芥,是为斩草。

斩草,意味着从此斩断了亡人和世间的诸多纷争吧。

斩草之后,他拿起酒瓶,顺着坑道边缘的红线绳洒了一遍,然后宣布:"挖吧!放炮!"

堂哥在坟场外面点燃了烟花,一缕接着一缕,直溜溜冲天,继而在黎明的天空鱼贯炸响,阴阳昏晓交接。烟花像哥哥生前快速行走而令人捉摸不透要去哪里的步伐,仓促有力,急匆匆的,六十六年,很快结束了。在这里,他从人间走向冥界。

打坑的三个人将那用来翻腾田地的铁锹掘进了那块崭新的土地。前几天下过一场雨,一铁锹挖下去,挖出的土湿漉漉的。

家驹站在坑边说:"这墓地没有砂石,都是大白土,好挖。"

三个打坑的人相信家驹的话,显得轻松多了。三人中的一位老者须发皆白,像戴着一顶白色的帽子,他颇有权威地说:"怕的就是墓穴中有夹砂,还有的全是驴卵子大的石头,甚至地下有石梁,一拃厚。没办法,也要打,死人总要按时入土,不能耽搁。我们不是怕干活,穴里有夹砂石头,不吉利。好穴全是大白土,干干净净,一颗石子都没有。人说天下黄土都埋人,没说天下石头都埋人，有石头的穴，不好。"

家驹问："那遇到石梁咋办？炸开？"

老者冷笑着说："炸开？施主家能让你炸吗？炸，就斩断了脉气，只能凿。现在好了，有了电钻，我一辈子打了上千的坑穴，有的临到了下葬的时辰还打不开，那是亡人没修路，没办法。"

三个打坑的人，有一个家驹似乎面熟，但也没有细想，也许是昨晚见过的缘故。他也不想拉近关系，挖一个坟坑，六百六十块钱，和其他都没关系。这人戴着一顶紫色的带檐帽，脸色酱紫，挖了一会儿，停下来，看着家驹，突兀地说："你还记得我吗？"

家驹递过去一支烟，说，眼熟得很。

他接过烟，点着，一缕青烟在清晨的空气中缓缓流散，他说："你上大学的一个假期，和我在砖厂装过窑，记得吗？"

"砖厂……记得！记得！你是——"家驹惊讶地问他。

"我是刘尕宝。"他脱了帽子，像西方人那样行了一个脱帽礼，其实他是让家驹看他的头发，意思是老了。他笑了一下，脸更红紫。

他脱了帽子，家驹就认出来了，尽管他的头发脱了不少，顶几乎谢光。

家驹也抠了一把头，两人心照不宣，释然笑了。

刘尕宝又挖起坟坑来，一边挖，一边说："我们二三十年没见了。从那个假期之后，就再没见过。"

"差不多三十年了。"家驹缓了缓神，说。

家驹感到自己像没穿裤子一样。前天在南方接到哥哥死去的电话，便满腹悲伤，仓促回来，哪想到要穿秋裤。何况南方还热得流金铄石，而河西走廊的寒凉要比南方早，而且长。

"我还记得你开学了，砖厂的工资没来得及取，就上学去了。你的工资是我代领的……"

"我的工资？哦——"家驹惊讶地看着他，迅速在大脑中回旋，砖厂打工的工资，自己是领了的啊，怎么是他代领？家驹知道刘尕宝的话没说完。

刘尕宝停下铁锨，望着他，微红着脸，笑着说："我代领了，交给你哥哥的时候，你已经开学走了。"

这话让家驹格外吃惊，他看了一眼刘尕宝，刘尕宝表功的眼神还是热切的，正在期待他致谢的话，而家驹却不知道说什么好了：我的工资，他代领，转交给哥哥，我已经上学走了，而哥哥从来没有提起过这事……怎么是现在，在给哥哥掘墓的时候，出现了这种纷乱的头绪？继而他语无伦次地说："这天真冷！"

"我记得就是四五十块钱吧，给了你哥。"刘尕宝将铁锨一脚踩下去，停住，抬起头，说，"那时节，一天才两块半的工资嘛！"

家驹"呃呃"了两声，抱着膀子，此刻于他已经不是寒冷，而是慌张，他不愿意面对这个事实：哥哥没有给过他工资。

而刘尕宝望着家驹的眼神使他突然醒悟，家驹说："你有心了。"

农历九月头，河西走廊的清晨已经足够用寒冷来形容，不是寒凉。家驹心里是另一种寒冷。

"那时候你小，干那活，不容易。"刘尕宝得到了他的肯定，似乎很满意，将一锨大白土像一束光一样送到了墓坑外，说，"你穿得太单薄了，去烧点纸，暖和一下。"

家驹听话地取了一卷纸，又到墓碑前烧纸。他自己也难以想象，回到老家，他们说什么他都听。尽管他也是五十岁的人了，他还是格外听话，像个孩子。

火光交织在东边刚刚冒头的晨曦中，些微的暖意钻进了家驹的裤腿，但他还是冷得发抖。家驹将身子靠近那火，张开双臂，似要将那火悉数揽入怀中一般。身子暖了些，可是，心却凉透了："哥哥的确没有转交给我一分钱的工钱，这么多年来，哥哥始终没有提过一个字。"

家驹转而又细想，他在砖厂的工资明明是领了的，难道是刘尕宝在故意说谎，制造兄弟矛盾？也不可能，哥哥都死了，四个小时后就要下葬了，他没必要在活人和死人之间制造矛盾。再说，刘尕宝是随意说出口的，简直像无意说出来的一样。

是的，家驹清楚地记得那个假期在砖厂打工，他是领了工钱的，他还清楚地记得，他用那笔钱做了人生第一件西服。难道是砖厂给他开了双份工资？面对燃烧的火光，家驹似乎觉得哥哥此刻就在他的面前，家驹自言自语："你可真逗，我都没处讨工钱了。"

二

家驹去砖厂打工是夏天，那年春天，家里发生了两件事：第一件是不到一岁的侄子夭折了，第二件是嫂子死了。侄子夭折是村医造成的，原本孩子感冒高烧，家驹哥哥连夜抱着去县医院，走到中途，随行的村医看了看说："死了。给我吧！"哥哥也没有坚持，看了看气息全无的孩子，递给了村医。村医抱着孩子，走到河道的避背处扔下，拉着哥哥回家了。

家驹嫂子原本是有心脏病的，天生就有，当时叫天然性心脏病。侄子被哥哥和庸医扔了的次日中午，嫂子听到有人说半夜听见河道里有孩子在哭，于是她不顾一切跑到河道去找她的孩子，结果发现孩子在地上滚来滚去的痕迹，显然，孩子当时真的没死，是被活活冻死、饿死了。她悲愤欲绝，嘴唇更加发紫，当即栽倒在卵石遍布的干河道里，嘴里吐着白沫，不省人事。哥哥四处打听，找到她的时候，她已经昏死在河道里。哥哥将她背回家，将养了一个多月，眼看着人慢慢恢复过来。有一天，哥哥又把那村医请来给嫂子看病，嫂子见了村医，一头晕了过去。又过了几天，哥哥送她到县医院，不行；再送到凉州大医院，当日晚上，哥哥电话捎信来了：钱不够，想办法借些钱送来。咋办？爹爹东挪西借，凑够了五百块，家驹背着钱和干粮，上了凉州。那正是家驹准备高考的关键时刻。

　　这是家驹第一次上凉州。在他家的西北方，班车两小时，人多，车多，嘈杂。人们说话，"安""昂"不分，声音很大，像吵架。

　　家驹好不容易找到了医院，兜兜转转找到了病房，嫂子有气无力地躺在病床上，对他说："耽误你学习了。"家驹说钱拿来了。哥哥的嘴唇上有一层厚厚的白皮，听到这句话后黯然的眼神有点明亮了，好像得病的是他，刚刚好转。哥哥说，这下放心了。

　　家驹在医院没待多久，就坐了班车回学校，又是半天，当天返回学校。

　　第三天，哥哥拉着嫂子回来了。嫂子并没有死，病危。钱是花得光光了。家驹闻听，从学校再回家。那天下午五点，金色的阳光从那间屋子的门口照进来，一大块，菱形，像一把宽薄的金色砍刀，那刀锋从门口伸进来，穿过地面，上了炕沿，沿着炕沿，落在嫂子的头上，刀刃就在嫂子紫红的脸上。

　　门敞着，这是当地的讲究，是为亡人出门上路留的。

　　所有的人见家驹来了，都先后默默走开了，包括嫂子的娘家人。屋里没有别人，只有他和嫂子两人。三十六岁的嫂子脸色红润饱满，她的眼睛明亮地看着家驹，却说不出话来。家驹坐在嫂子的旁边，金色的刀口直指他们。

家驹看到嫂子最美丽的一刻,她嚅动着嘴巴,眼睛炯炯有神,想对他说什么,却说不出来,然后,她的眼睛里流出两颗巨大的泪珠,圆润、饱满,端端搁在她的眼角,而后,她的眼神黯淡下去。家驹喊嫂子,她却缓缓闭上了眼睛。

家驹一边喊嫂子,一边用枕巾擦掉了嫂子的眼泪。回头看,敞开的门外没有一个人,他突然觉得人间如此绝情。哥哥呢?

他哭喊着冲出门,站在院内哭喊大骂:"人都死光了吗?哥哥——哥哥——我嫂子死了!我嫂子死了——"

他听到自己的悲音响彻整个院子。

他又冲进屋里,再看,嫂子的脸血色全失,已经蜡黄如一张黄表纸,她真的走了,顺着这敞开着的木门。

听到家驹的哭喊,哥哥跑进来院里,张皇失措。人们陆续来了,真真假假地开始哭喊。响动。落草。

屋里渐渐乱成了杂草滩。

钱没了,人也没了。这是村上的人在这件事情上说得最多的一句话。

当年六月,家驹考了大学。

暑假,家驹和年老的父亲收拾完了庄稼,还剩二十天的假期,他计划打工挣钱。去哪里打工?村子周围只有砖厂。母亲怀疑他能否扛下来,他笑着说:"这点苦算什么?看我这胳膊。"母亲好像相信了。

家驹到砖厂的第一天,发现同学甄杰的姐姐甄燕就在砖厂做会计，还帮忙做饭。甄杰是他高中最好的同学，落榜了。他姐姐甄燕补习，也落榜了。他家就在学校家属院，他爸爸是地理老师。甄杰根本不把地理老师放在眼里，时常吵架。有一天晚上，甄杰来到家驹租的屋，说："我离家出走了。今晚和你住。"他离家出走不到四百米。当晚，家驹怕他爸妈担心，劝说了一番，就送他回家了。离家出走前后不到两小时。送他到家的时候，正是甄燕开的门，家驹也没见地理老师和他的太太。

甄燕当时正在补习。家驹和她说了几句话，还给她递了眼神，她也回应了。待了不久，家驹就告辞出门了。门外家驹和甄燕说了几句话，两人捂着嘴，无声笑了一回，家驹就告辞回屋了。此后再也没有见过甄燕，直到他去砖厂打工的第一天中午。

砖厂第一天的午饭时刻，他们提着自己的饭缸去打饭，家驹突然发现给他打饭的是甄燕。甄燕也看了他三秒。谁也没有当场相认。甄燕文静，没有多的话，眼神镇定。甄燕没考上大学，只好暂时在砖厂上班，在家驹看来，她成熟得像一个少妇。家驹在砖厂打工的时候，还没有出现"打工"这个词，都叫搞副业。但对于城市户口的甄燕而言，就不叫搞副业，而是叫上班。砖厂是一校的，或许因为她是教育系统的子弟，怎么也得安排她上班，还得安排轻松的活计。

在砖厂，甄燕笑眯眯的，对家驹格外照顾，就像照顾她的弟弟一样。她说话不多，在外人看来，他俩似乎并不熟络。但在打饭的时候，家驹的碗里肉多菜多。多数的人看在眼里，只是谁也无奈，只好私下说，谁叫人家是大学生，你要是大学生，你也能吃到偏分饭。

家驹和甄燕旋即找回了当年甄杰出走回家时，用眼神交流的经验，家驹甚至对甄燕有了好感，他开始胡思乱想："假如娶了甄燕做老婆，也不亏，她毕竟是城市户口，将来找工作没问题。"当然没问题了，后来甄燕就是靠城市户口招干的。甄燕似乎并未看出这小屁孩对她有什么意思，只是每每对家驹诚挚地说："小心点，别受伤了。"

家驹拉着一架子车砖坯，要经过下坡急转弯的一段路，然后端端进入砖窑的圆门。那段弯道下坡路太急，胳膊肘弯九十度，车子装满了沉重的砖坯，很重，下坡拽着车子跑。家驹必须拽住车子，不至于太快，要慢点，再慢点，否则车子就会撞在坡边的崖上，有几次悬悬的，车子擦过了崖，家驹粗壮的大腿在颤抖，他使出了小时候练武术打下的功底——扎马步的功夫，那车子便听话缓下来，加之有甄燕稳稳的安顿，就格外谨慎有力。更为危险的是到了那窑门，要快速灵活地掉转车头，从拽着车子变为拉着车子。窑门正好容一辆架子车进入，稍有偏差，车子就会撞在砖砌的门边，所以要端端地进去。据说有人的手就被架子车把生生杵在窑门壁上，四个指头给杵废了。那窑门一侧的确还有黑乎乎的血迹，但不太清晰，是刘尕宝确凿地指给他看的。

进了窑门，一座如宫殿般的红通通的砖窑才呈现在面前。家驹觉得那是人间最美、最壮观的所在。所有的砖坯装好，封了窑门，烈火将会在这窑里熊熊燃烧，窑内的砖坯和窑壁一样，经受着烈火的烧烤。原本松软得像一块黑豆腐一样的砖坯，在经过几天几夜的烧烤之后，拉出窑来，一下便坚硬如铁；就像一个稀松平常的孩子，在这砖窑里进进出出几十天，便会变成一个硬朗的男子汉一样。砖坯被烧成了天然的火色，变成了真正的砖，再从这里被拉出去，成了矗立在街道上的建筑物。而窑壁一动未动，像地母一般，也像家驹后来的嫂子一样，内外葆有红通通的火色，却不热，也绝不冷。

家驹将砖坯拉进砖窑，等待装窑的师傅码垛子。家驹抬眼望，一束刺目的阳光从穹顶的大烟囱口照进来，将那窑壁的本色照亮，似在昭示着什么，神圣无比。后来，他见识过多少的庙宇教堂，也在其中多少次感受过信仰的神圣力量，但他一直认为，砖窑更庄严，砖窑里没有神像，没有颂词，没有香烛，也没有经典，更没有任何的铺排装饰，但是，在砖窑，人的灵魂会受到洗礼，人的内心会受到巨大的撞击。

砖窑烧制了砖，也烧制了他。家驹觉得这就是炼狱一般的所在，这是他后来读了但丁的《神曲》之后联想到的。

二十天，时间太短，家驹没来得及暗示和表达那份对甄燕的情感。离开砖厂前，他和甄燕草草聊了几句，说了要走的话。甄燕给他提前结了工资，还额外多加了两天，或许是算作奖金的。但她始终没有当家驹的面说过一个字。家驹签字领工资的时候，看到自己工作的天数和工资，显然是多了两天，他抬头看了一眼甄燕，甄燕也微笑着看他。那时候的家驹敏感而腼腆，总是怕被人耻笑了去。最后，他难得地回报了甄燕一个微笑，此外又说甄杰的好，说他来年一定能考上。后来，他按照甄杰的地址，给甄燕写了一封信，可以算作情书，无比隐晦。他想看看甄燕如何回复他，但他始终没有等来甄燕的回信，此事也就暗暗画上了句号。倒是同样一个地址，他给甄杰发去的信甄杰收到了，也有回信。尽管家驹在信中以大量的篇幅述说了假期中甄燕对他的关照，但甄杰在回信中只字不提姐姐甄燕，更多的内容是自己的烦恼忧愁和对命运的所思所悟，但家驹哪里在乎这些。

砖厂打工结束的次日，是开学的第一天。正是八月的一个清晨，大概也就六点的样子，家驹穿着专门在镇上老上海裁缝店做的灰格子西装，骑着两个轮子的自行车，却如一阵秋风一般，悄然去了百公里之外的大学。临行时，家驹给姐姐写好了字条，说他骑着自行车去了学校，省点钱，希望他们放心并理解。骑自行车去学校，家驹可以节约十块钱的路费，他拿这十块钱可以请几个要好的同学吃一顿饭。

经过长达一天的苦苦骑行，家驹腰酸背痛地到了学校，同学们谁也不知道他是骑着自行车来的，他自告奋勇地请同学们吃了一顿，那是一个堪称高大上的餐厅，他要了一大钵高汤水饺，仅仅需要五块钱。而这五块钱正是甄燕多开给他两天的工资。他还没有被钱奴役到极致，如果是他那被钱捆住了手脚、扎住了嘴巴的哥哥，这般请客是万万不可能的。

家驹一直没有忘记甄燕，在后来的二三十年之中，他见到甄杰总要询问甄燕的情况，总要聊一聊自己打工的二十天，但从未听甄杰说他姐姐把工资捎带给别人的事。后来，高中班主任的儿子在凉州结婚，他和甄杰都参加了婚礼。参加完了婚礼，甄杰说姐姐甄燕就在凉州，他要去看姐姐，家驹也想去，就一起去了。甄燕正在家里养病，据说是肌无力，浑身没有筋骨，疲乏难当。在甄燕家里，家驹为了调节气氛，还说起了甄杰的离家出走。甄燕难得地笑了一回，也提起了当年在砖厂甄燕多给他加了两天的工资。甄燕既不肯定，也不否定。尽管憔悴了很多，但她还是那么安静，她几乎一直在微笑，没有多说一句话，像在享受什么，没有生病一样。甄燕也不问家驹现在哪里、情况如何。不过，她真的想要知道，从甄杰那里可以随时获悉。

　　那一年年底，也就是五年前的年底，家驹在微信朋友圈看到甄杰发出了一个流泪的表情和一张黑相框，框内正是微笑的甄燕。黑框上面，甄杰引用了海子的几句诗：

　　　　姐姐，今夜我在德令哈，夜色笼罩
　　　　姐姐，我今夜只有戈壁
　　　　草原的尽头我两手空空
　　　　悲痛时握不住一颗泪滴
　　　　……

甄燕走了。她是在北京看的病，最终没救了，回家将养，不久就走了。家驹相信，甄燕是微笑着走的。心怀善意的人一般没有多大的遗憾。

刘尕宝捎工资的消息迟了五年。也许，这份额外的工资正是甄燕的一份特别的情书，她一直在等家驹的回信，却一直没有等来，直到她有生之年最后一次见到家驹，也没有等来——哪怕一句解释。

三

嫂子看病花了钱，买棺材花了钱，油漆匠画棺材花了钱，给嫂子最后穿一身衣服花了钱，买纸货花了钱，烟酒肉菜花了钱，还有干果碟子也花了钱，都要花钱。人没了，钱也没了。哥哥贫困潦倒，债务缠身。家驹又考了大学，也要花钱。好在妈妈养的老母猪夏天一窝产了十三头猪崽，是这头母猪一窝产崽最多的一次，正赶上猪崽价格又好，家驹上大学的费用刚好凑够，买了新衣服，买了皮箱，买了日用品，还准备了每月十块钱的生活费，卖十三头猪崽的钱悉数被家驹带入大学。

家驹上学去了，哥哥将六岁的侄女扔给母亲，自己甩开膀子拼命干活，他希望从这块土地上重新找到人生的新开端。那时候，哥哥正陷在人生最为艰难的泥淖中。如果某一天，突然有一笔钱出现在他面前，那当然是再好不过的事了。他咧开干瘪的嘴巴，两腮的面皮扯出了三道竖纹，罕见地笑起来，不过稍纵即逝。多年来让他笑出来的这一天的确来了，这一年九月上旬，家驹开学了，刚走没几天，刘尕宝代领了家驹的工资，顺路来到他们村，听说家驹已经走了，便亲自将那四十多块钱转交给了家驹哥哥。恐怕这笔钱在哥哥手里还没有焐热，早有人知道他此刻正有一笔进项，怕是刘尕宝前脚走，有人后脚就进了哥哥的屋，委婉表达了收账的意思。

刘尕宝毕竟就是邻村的人，他来村上，哪个不认识？就连猫儿狗儿都熟悉他。收账的人适时而至，他是在危急时刻掏钱帮了家驹哥哥的，家驹哥哥哪里好意思推托说"这是弟弟的工钱，弟弟上学要用"，只得将那左手刚刚塞进去的钱，右手接着掏出来，转手还了别人，千恩万谢。是的，好借好还，再借不难，欠别人的债，这是不二的选择。

至于后来，家驹在墓碑前的火光中设想：哥哥那粗糙的双手始终没有宽裕过，他怎么好意思在自己面前提起这档子事情，自找无趣呢？只好装作若无其事。时间久了，还是没钱，他只好多给家驹一点脸皮裹挟的笑，算是还了钱，不提了。

哥哥的手关节就是从嫂子去世后开始突出，变得粗大了。几乎在两三年之间，那指关节高高隆起在细细的指节之间，像沙枣树枝的疙瘩结，显得极不协调。家驹每次回家，他都要将手伸出来让家驹看。这的确是一双特别难看的手，皮肤粗糙、皲裂，没有血色；手指头和手掌因为各关节突出，看起来极度变形，特别丑陋，甚至可怕。如果上苍要家驹选择这双手长在谁的胳膊上，他一定不会选择哥哥的胳膊。然而，如果这双手能够换来更多的钱，估计家驹哥哥宁愿将这双手献出去——他终究是献出去了，却也没有改变多少现状。

河西走廊的沙枣树上，疙瘩结圆溜溜的，很粗粝，也很突兀。那是树干在水分得失的极限，也就是在极度干旱和水分突然饱和的时候，原本终止了生命的树干和树枝突然从冥界挣扎出来，它身体的某一个部位，就会留下死亡的痕迹，一次次的死亡和重生留存了很多的疙瘩结，就像家驹哥哥手指头上每个关节疙瘩一样，是生死挣扎的标识。

哥哥将所有对人生的不平发泄在土地上，将那双手献给土地的三年后，他给家驹找来了第二个嫂子。那女人的男人出车祸死了，留给她三个孩子，最大的女儿十三岁，两个男孩依次各小两岁。嫂子唯一的条件是将三个孩子都带来养活。哥哥同意了。只是加上侄女，哥哥成了村上的人口大户，六口人之家。人多是好事，村上的人都这么安慰他。可惜没一个可以帮他干活，只有他们两口子照料十五亩水田。家驹哥哥和新嫂子似乎看到了希望，加之他俩正值壮年，继而不惜代价，夜以继日，在三年之间，又生了两个，这下好，家驹哥哥家就变成了八口之家。然而，日子并没有因为人口的增加而坏下去，甚至奇迹般地一点点好了起来。孩子们一个个长大，嫂子带来的三个孩子，女儿长大出落得亭亭玉立，出嫁了，两个男孩都长大打工去了。小女儿去了县城补习，儿子正读高三。

不幸再次降临，这次不幸来自爱。他太爱他的儿子了，每周周末他都要开着破烂不堪的三马子去接孩子回家。终于在最后一次，他看到儿子站在对面的马路边，他刚要打转方向去对面，后面一辆轿车来不及刹车，将他和三马子撞飞，破旧的三马子被撞得七零八落，部件满天飞，他与撞碎的三马子一起高高飞起在天空，那轿车还在前行，继而他在空中划出了一条优美的抛物线，落在轿车的引擎盖上，车子这才刹停，他才从引擎盖落在地上。

尽管他命在旦夕，所有的人还几乎众口一词地责备他：把娃子当先人供哩！唯有家驹懂得哥哥为啥如此看重这个儿子：他蹚过的所有岁月的泥潭，已经将他吞噬殆尽，只剩下了一个寄托着全部希望的儿子。又是嫂子住过的那家凉州大医院，不行，接着又去了陌生的兰州大医院，最终，家驹哥哥没有死，也不算活，而是瘫在床上了，时而清醒，时而糊涂，生活不能自理，像一具僵尸。三年之后的这一天，两个孩子都正在上大学，他终于咬咬牙，走了，无可奈何地走了。

四

在清晨的墓地，家驹感到了一种少有的孤独和寒冷。

哥哥墓地里翻出的大白土清爽、干净、耀眼，没被世俗的任何东西污染过。这白土配得起埋葬任何一个在这块土地上经历了不幸和苦难的人。

六十岁的刘尕宝在墓坑里吭哧吭哧地一直细心地挖掘着。风水先生说，活干得漂亮。墓坑按照风水先生下的四至，不偏不倚地挖下去了，正如棺材的尺寸，头宽脚窄，整体是一个长方体。穴深一米八五，比刘尕宝的身高还要深。

"你看，家驹，这穴多好，一粒沙子都没有，干干净净。"刘尕宝在坑穴内说，似乎在夸耀家驹将来的归宿之所，可谓应许之地，让他提前安心。

家驹点着头，眼神致谢。家驹蹲在坑边，稻草燃起一堆火，火光中，家驹略觉温暖。如此简单，又如此繁复，家驹觉得好笑又怪异，甚至滑稽。好笑的是假如刘尕宝所说属实，三十年前，他将自己的工资交给了哥哥，而眼下，哥哥却即将下葬。怪异的是，三十年来，上天正好安排在哥哥下葬的这一天让他知道这件事。滑稽的是，如果哥哥的掘墓人不是刘尕宝，如果自己不来墓地，如果哥哥不死，他还不知道甄燕当年给他又加开了一份工资；而如果甄燕不死，他尚能找到甄燕，对她说一声感谢，而今他们早已阴阳两隔，家驹无处可诉。

太阳渐渐升高，气温也缓缓升高。家驹不觉得冷了，他看见一堆新旋的土被掘出来，越堆越高，在阳光的照射下，熠熠生辉。那个坑穴深深陷下去，像一张嘴；如果人长这么一张嘴多好，俗话说"嘴大吃四方"，命好。而这张嘴吃的是人，将他哥哥六十六年的苦难时光一次吞下去，或者要缓一缓，一口一口，细细品尝之后,慢慢吞下去,之后,这张嘴会慢吞吞地说:"真饿了,等了你六十六年,真漫长啊!"

是啊,如此漫长,又如此短暂,家驹想。此刻,哥哥的肉身还躺在棺材里,笔挺笔挺的,家驹相信这是哥哥人生最笔挺的一次。十点半,哥哥就要这般郑重地被土地吞下去。棺材里,他的肉身下是七星床,七星床面上开着七个孔,形似北斗,一根红线在那位老者手里从七星之首的北斗开始,穿进去,一直走下去,到最后,那根红线艺术地从起点回到终点。一个人的一生走完了,一个结绾上了,简单而又复杂,甚至如此哲学。天空大地,渺渺人生,同理同在,似乎仰首可见,那根线没有折返,单线,曲曲折折,方向在起点,也在终点,无可避免,最终的方向却没有方向。家驹抬头看天,北斗七星尚斜挂在天际,白晃晃的,清晰可辨。哥哥的血肉将从这七个如星星一般的孔中缓缓渗漏下去,融入这干净的大白土,来自尘埃,归于尘埃,如在时间尘埃中飘荡了六十六年,最终融入尘埃,所有的来路归途都为他预先设定好了,只等这一天、这一刻。尽管如此,他还是倔强地活到了这一刻。

家驹缓缓舒了一口气,那口气是乳白色的,如尘埃一般在阳光中倏忽消失,短暂如哥哥六十六载的人生,短暂如甄燕四十九岁的人生,沉重如他从砖厂挣来的那沓纸币。

十点半即将到来,那是为家驹哥哥下葬的时刻。

此一刻，纸钱的微火还在墓碑前燃烧，笼罩着他，给他最后的温暖。

原发表于《延安文学》2021年第8期

燃烧的冰川

　　天旱到了五黄六月的时候,庄稼已经晒成了干草,收成是不必指望了。张吴李家湾的人畜饮水成了头等大事。

　　远处的马牙雪山,往日的雪白上衫已经被渐渐脱去,只剩下山头刺目的冰川,像戴着一顶白孝帽。没有了雪的雪山,只剩下灰秃秃的石头,像一个曾经的富家少爷,如今成了衣不蔽体的闲汉,浑身都是羞辱和无奈,但是它依然得面对阳光的炙烤和人们的嘲弄。

　　马家磨河也是干巴巴的、低头耷脑的。原本白花花的水浪缠着水磨,拉得山响,水磨下涌出比水还要白的面粉,谁能想到还有这么一天,这盘水磨会停下来,水磨下面是干巴巴的石头疙瘩。

　　马家磨河的泉眼也不冒水了,但还没有干枯,有一窝水,像乞丐鼻孔里的两筒清鼻涕,欲出还休。白天热的时候,马家磨河的泉眼里几乎没有水,很少有人去驮水,泉眼边上尽是老鸹、喜鹊、麻雀、火蛋鸟，互相啄得头破血流，有的连眼睛也被啄瞎，胡乱扑腾着，最终软塌塌地死去，散发出一股臭气。每天一大早，泉边便有无数的喜鹊或者老鸹等鸟，无奈地歪着头，圆睁着眼睛死去。蚂蚱、蛐蛐、蝴蝶等小的虫类几乎不见了，都被老天爷收走了。

到了夜晚，泉眼里的水才会无声地冒出来一些。为了在早晨抢到水，一家比一家起得早，每天半夜人们摸黑赶着驴或者骡子，驮着两只木桶，中间穿着一根杠子，咯吱咯吱地来到马家磨河的泉眼边。结果发现，总有比他们更早的人已经丁零当啷地将水桶放进了泉眼，又小心翼翼地提上来。他们从没有如此谨慎地打过水，小心翼翼地把水灌进水桶，不敢洒落一丁点。老汉们甚至将牲口吃剩的水也缓缓灌进桶里，他们的理由是："就这水，怕也吃不了几天了。"等到早晨太阳冒出来的时候，泉眼已经干了。

有一些人，性子慢，他们不怕水少，只是耐心等着，半个小时才能灌满半桶水，等到两桶水灌满时已是日头高照。那时候，天上的鸟儿早就闻着了水的味道，铺天盖地而来，水桶上、牲口背上、人的肩头、泉眼边上、泉眼上空，都是各色的鸟，盘旋，徘徊，哀鸣，啼叫，飞舞，叫喊。牲口驮着水桶垛子，雀儿一路翻飞跟随，从水桶眼里啄水吃。多数人只是吓唬吓唬，不忍心打它们；不懂事的孩子可不会那么怜惜，一鞭子一只鸟儿，一鞭子又是一只，似乎他们的鞭法大长。其实是鸟儿太多了，一只和一只不一样，还有从来没有见过的鸟儿，叫不出名字。可怜那些鸟儿，实在飞不动了，就从天上活生生杵下来，摔死在地上，也许是鸟儿在绝地自杀吧！

喜鹊和老鸹的肉不敢吃，肉是酸的，多少年来人们都忌讳，没人吃过喜鹊肉、老鸹肉，那是一喜一悲的鸟。而此时，孩子们捡到死去的喜鹊和老鸹，那就等同于发了横财一样，急忙在路边捡几根柴草，有时候没有火柴，就用两块石头砸那发烫的酥油草，砸上三下两下，那柴草也就缓缓燃着了。他们拔去鸟毛，烧得半生不熟的就连毛带骨头咽了下去。

有的孩子就备好了石子和弹弓，单等着鸟儿们飞过他们的头顶，举起手中的这弹弓，"啪"一声，一只鸟儿就落下来了。不知道是鸟儿们饿得飞不动了，飞得慢了，还是孩子们的弹弓射击技术高超，总之，只要将那天上的飞物射将下来，他们半天就不会挨饿了。

这事儿被胡八爷听到了，他甚为不悦："娃们，生灵都是肉长的，你们打架闹事地争水喝，鸟儿不渴吗？这是造孽啊！"胡八爷悲叹。

"善人，把你们家的水舀出来，喂鸟吧！"孩子们似乎在向胡八爷叫板。

这话提醒了老汉胡八爷。是啊，人有灾，其他生灵也有灾，救了生灵就是救人，就是积善。每天早晨，胡八爷把洗脸水端出来，放在院子中央，等待鸟儿们来喝。不料鸟儿一天比一天多，他家的院子每天早晨就被各色鸟儿覆盖了，连阳光都照不进来，等到那盆水被鸟儿们喝完，他家的院落便被鸟屎所覆盖，奇臭无比。好多的鸟儿倒栽葱，扑棱棱掉下来，无声地死在他家院内。一股不祥之兆在村里蔓延。于是，每天早晨，家家户户的院内升腾起一缕烟火，防止鸟儿飞过院子，掉在院内死去。

胡八爷坐在鸟儿们呼啦啦的翅膀下，干巴着嘴唇，像一尊泥塑的菩萨。胡八爷想：怎么才能救自己、救这些生灵呢？他念叨：水火不相容啊！水要火治啊！

胡八爷越来越瘦，越来越小，昔日他在潴野泽的宽大壮实的身躯被这干渴的日子渐渐消耗了去。他看着鸟儿们喝水的样子，总是呆呆地念叨着这四个字：水要火治。

胡八爷的手里总是拄着一根滑溜溜的柠条拐杖，他开始变得很古怪，又很怀旧。他总是在念叨着潴野泽，他的心里老想着潴野泽无边无际的湖水，想着雪山，想着冰川，想着河水，想着绿色，想着雨。他甚至还念叨着那个至今还没有回来的高雹子。

有一次，胡八爷看着早晨的鸟儿饮着那脸盆里面的一抔洗脸水，靠着干瘪的花园墙睡着了。他梦见了白花花的冰，那冰无边无际，似乎将整个张吴李家湾都覆盖成了冰川，又感觉他自己就在马牙雪山山顶的冰川上，冷得惊人，他的拐杖捣着冰面，滑滑擦擦地走在上面。突然那冰面开始消融，冰面破碎，如潴野泽的最后的水面一般，四分五裂，咔咔作响。他的拐杖捣不住地面了，四面冰雪纷飞，他的拐杖捣在虚空里，冰屑飞进了他的嘴里,冰冰凉凉地化在了他的嘴里。

胡八爷醒来,嘴里还是那冰哇哇的清凉,他的老嘴里似乎盛满了冰凉的水。他想起身,却没力气起来。他知道自己怕是离大去之日不远了。梦是清晰的,救人的水就在山顶。他想起毛朵的爹曾喧过的"谎儿",毛老汉说:"我们头上是千年不化的冰山,谁怕天旱哪。"

他有气无力地叫来了儿子胡四辈。

"我做了个梦,佛爷叫我回去,走前要做一件事,看看雪山上的冰还在不在,我要吃一口,好回去禀报。"胡八爷有气无力地说。

"爹,你别胡思乱想了,我去找就是。"胡四辈看着爹萎缩了一半的身子说。

当天夜幕降临、月色煞白的时候,暑气渐渐消退,胡四辈带领着毛拉、高小雨等人在夜色中往马牙雪山而去。他们走得很慢很慢,怕哪个人突然支撑不住,倒在那山坡上。

到了山脚下,胡四辈就睁大了眼睛,他希望看到闪动的鬼火,更准确地说,他希望看到那几个死鬼的骨殖在夜色里发出荧光——他希望看到兄弟辛水生的眼神,还有那脸庞油亮的弟妹毛朵的眼神,还有来自潴野泽饮马湖的小兄弟高雹子的眼神,最可怕的是那婴儿,还没有出怀的孩子,定然茫然望着夜空,嘴里发出咯咯吱吱的呓语——那是和山神对话吧?但他什么也没有看见。

他随着记忆中的路径,缓缓上山,那原本很低的雪线已经抬高了很多，原本水生和毛朵是躺在雪地里，而今这里早就是干枯的石土。胡四辈在他们仨的死亡地——那块青色的大石块边坐下来，点了一堆火。火堆的一侧是几根黑黢黢的骨头棒子，大大小小，堆在一起。胡四辈的眼前就是火，他曾经背着汽油为他们的葬礼点燃的一堆火。

"这是人骨头啊！怎么是黑的？"毛拉似乎在惊奇地自问。

毛拉看了半天，那骨殖一动未动。高小雨急急收回目光，仰视着天上的星辰，有那么三颗，亮得像三颗硕大的水珠，似乎要掉下来。

"可能晒久了就变黑了。"胡四辈说。

胡四辈知道答案，骨殖只能越晒越白，夜里发出越来越亮的荧光，岂能晒黑？毛拉不知道这是"黑骨头病"患者的骨头，此病正是吃了旱獭之后患了鼠疫，患者不但皮肤变黑，最终死了，连骨殖也是黑的；更有毛拉不知道的是，这其中正有他妹妹毛朵的骨殖。

"快走，管他黑白！"高小雨听到这里，心惊肉跳，顾不得困乏，起身就走。

毛拉回头看了看，心里开始发毛，急急跟了上去。

终于，雪线像一条银色的蛇，隐隐蜿蜒，横在他们的头顶。在他们饥渴难当的时候，一股清凉气息泛下山来，那是水的味道。

毛拉叫："冰川就在前面！"毛拉最熟悉这里的情况，他小时候不止一次随他的老阿卡（特定称谓，此处指爷爷）来到这冰川，看那晶莹剔透的山巅。

　　冷了。冰山在月光的照射下银蓝、透明、晶莹剔透，泛着淡蓝色的光芒。脚下有雪，踩在上面犹如蹈空，地面上一层白岩般坚硬的雪——半冰半雪，脚下开始打滑。

　　胡四辈蹲下身，最先从地面抠了一把雪，塞进嘴里。他呵了一声，似乎是被香气壅塞了咽喉。毛拉和高小雨坐在地上，似乎是在享受奢侈的美食，吃出了声音，"咔嚓，咔嚓"。

　　吃完了香甜的雪，他们沿着雪地越过一个银色的山岗，洁白如玉的冰川便横在眼前，发出一道刺目的蓝光。淙淙的流水在远处的山谷里低低回响，那声音很小、很微弱，但他们对这声音都格外敏感，长久没有听到这美好的声音了，像孩提时玩伴的笑声、嬉闹声。

　　"是水，听——"高小雨捣了一把毛拉说。

　　平坦的雪地和冰川渐渐连接起来，地势开始抬高。

　　这是潴野泽的人们在异乡又一次找水的经历。他们从百里之外的潴野泽开始，找来找去，找到雪山下，至今还在找水。这样的宿命，难道是上天给潴野泽人的特意安排吗？

　　次日太阳冒出来的时候，他们每人背着一袋冰疙瘩，像背着金银财宝一样，气宇轩昂地回到了张吴李家湾。

　　一块冰溜进胡八爷干瘪的嘴巴，胡八爷的眼睛睁开了，他被冰唤醒了："有冰，就好啊——"胡八爷嘴里含着一块冰，猛然来了劲头，他原本奄奄一息的头颅高高挺起来，高声喊："生灵不能渴死，去取水吧！"

几只盘旋在天的鸟儿眼看着就要坠地而亡，却被这高喊惊飞起来，像重获生机，向马牙雪山方向飞去。

胡八爷溘然倒在炕上，嘴里含着一块冰，闭上了眼睛。他满足的表情显示着冰川的颜色，他为张吴李家湾找到了最后的希望。

胡四辈伏倒在地，悲戚地喊了一声：爹啊——

人们开始仓促慌乱地为胡八爷落草。

"白胡子老道来了——"高小雨附在胡四辈的耳朵边说。

胡四辈一个激灵："潴野泽的白胡子老道？"

高小雨点头的时候，白胡子老道已经坐在他爹的尸体旁。

胡四辈心里滑过一阵阵的惊悸：白胡子老道，曾经出现在潴野泽，不是说他早就死了吗？当年的胡八爷请他在潴野泽作法消冰的时候，他就是白胡子了，如今，他是活人吗？

他急忙跪地叩拜。人们在屋外看着屋内，像看着鬼神。

"山上冷吧？"白胡子老道说。

胡四辈看着遥远的灰秃秃的马牙雪山说："冷得人打牙磕！"

"那就好，冰川还在，有救。"老道说。

"怎么才能把冰弄下来？"胡四辈半伏在地，仰首问。

"水自己会下来，你爹知道。"白胡子老道看了一眼躺在门板上的胡八爷，捋了一把胡子说，"去八个男子，拉四匹马、四头骡子、四头驴、四头牛，牲口的身上驮上柴草，到马牙雪山冰川下面，朝四个方位烧四色纸，朝南祭白公鸡，朝西面叩首……点燃柴草……"

"什么时辰？"

"明晚子时。"白胡子老道说话的时候，一群女人趴在门槛外面，点燃了黄表纸哭喊起来。

村里的人陆续都来到了胡四辈家，奠纸、叩首。

村里的人烧完纸，转身找寻白胡子老道，想问个究竟，回头，找不到了。

所有的人都敬佩于白胡子老道的智慧——烧冰取水。他们恭恭敬敬地听服于胡四辈的指挥，将老爹胡八爷厝起来，开始了取水行动。

四匹马、四头骡子、四头牛、四头驴，四色纸，白公鸡，在次日全部准备就绪，白花花的麦草捆绑紧凑，驮上了牲口脊背，胡四辈顶着孝帽，穿着宽大的孝袍，张吴李家湾的十六头牲口被赶出了村口，沿着山路上了山。这队人马安安静静，像一条黑色的河流，逆流而上马牙雪山。

山下的人们聚在张吴李家湾的寨子墙头上，巴望那远处的马牙雪山上的火光。有人说看见了，在闪；有人说，压根看不见。

胡四辈一行按照白胡子老道的叮嘱，在冰川四面撒上柴草，白公鸡惊惧地叫了两声，在闪闪的火光中，鸟兽四散。

麦草被点燃，暗淡的马牙雪山上火光闪烁，他们八人拉着牲口，缓缓下山。有风吹过来，火开始呼啸，火星飞逝。

当晚，马牙雪山下，毛拉的老阿卡看着雪山顶上有影影绰绰的闪烁的火点，接着多起来了，还不止一处，几乎是连成了一片，却又断断续续，映得雪山上的冰在闪烁，像闪电一样，忽闪忽闪的！他急急跪在帐篷前，面向雪山，一直在念经，一夜未眠——他可从来没见过冰川能够燃烧——他想来想去，始终认为这是灾年灾象。

次日一早，胡四辈组织村上所有劳力在马家磨河开始筑坝，张吴李家湾的人们知道水要来了，他们在做隆重的迎接准备。

邻村的人们看着马家磨河白尘滚滚，起初以为是起了战争，炸起了尘土，但又没有爆炸的响声。远远近近的人们一看，原来是张吴李家湾的人们在热火朝天地劳动。他们失笑："异想天开！"

天旱得实在太久了，土地干透了，就像炒面一样，只要轻轻一扬，那土便如云雾一般飘扬起来。胡四辈说这土筑堤坝最好，干溏土不渗水。

"老天要下大雨吗？"邻村有人问。

"对，今晚天要下雨，赶紧去堵个坝，聚点水活命吧！"胡四辈说。

邻村的人在各自的地头上开始忙忙碌碌地筑坝。午时，河水果然哗哗地流淌下来。晚上日暮时分，那干旱的坝里面已经聚了好多的水。那水虽然混浊，可是，在张吴李家湾人的嘴里，那味道却是前所未有的香甜，那些牛羊饮着水，也是一副满足的表情。家家户户把所有活着的牲畜赶到了水塘边，任凭它们自在畅饮，而高小雨家的一头瘦干的老牛却在一番畅饮之后，突然倒地毙命。

邻村的人们站在地头，没有等来老天下雨，却看到马家磨河的水哗哗流淌。他们实在没有想通为什么天不下雨，河里竟然淌水了。

在所有的人畜饮足了水，酣然入眠的时候，那水仍一直在哗哗流淌，直到把大坝溢满，最终决堤而去。半夜时分，那水冲破堤坝，哗然下流的声音吵醒了跪在父亲棺材前的胡四辈。胡四辈急忙披了衣服，出了门，顺着水声，来到了堤坝旁。水已经无情流光，就像一些事情已经过去，了无踪影。

胡四辈站在那河边，直到太阳升起来，他看着河床上不多的浊水想：不会是所有的冰川都消完了吧？

早晨，略显湿润的河岸边也站满了人，人们站在河边，无限敬佩而又无限失望地看着胡四辈和那哗哗哗流淌的河水。

雪山下的藏民们看着那哗哗流淌的河水，在玛尼堆旁边点燃了柏枝，磕起了长头："神灵保佑——菩萨保佑——"

那水流淌了整整一个月之后才渐渐缓慢下来，时令已经是初秋。

张吴李家湾的所有的土地皆获灌溉。

原发表于《生态文化》2022年第2期

广州印象系列

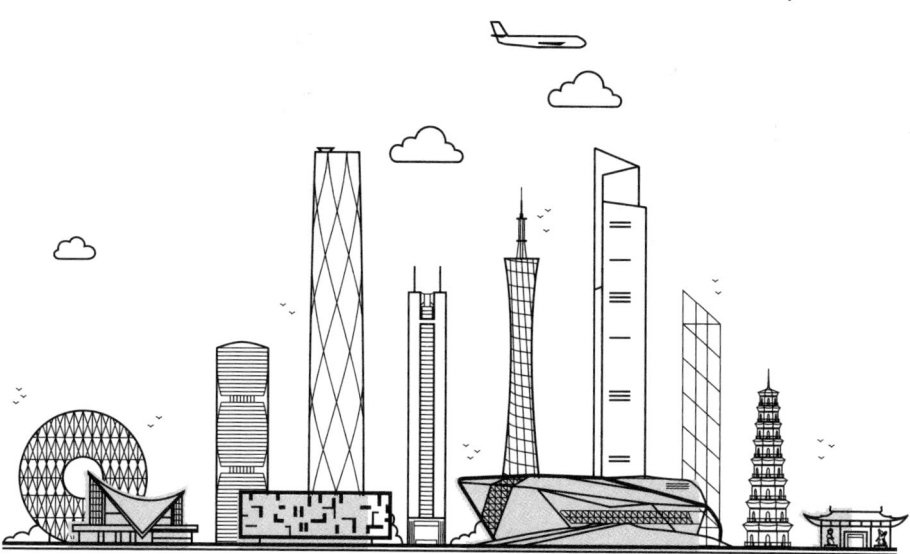

托钵记

一

早上最后一节课下课铃声过后,雅芝收拾完课桌,说:"喏——走呗!"我笑着摇摇头说:"你还当真的啊?不去了,我回家有点事。"雅芝瞪着我说:"衰仔,说话冇算数。"我笑着说:"先记账,回家有事。"尽管别的男生私下说雅芝丑,我可从不这么认为,我甚至觉得她深陷的眼睛和微凹的嘴巴都是好看的。

出了校门,同班的付伟正在旁边,他扬了扬下巴:"一块儿走呗?去都城。"我还是摇了摇头。都城是一家快餐店,比起街头的猪脚饭要高档多了。我是微笑着摇头的。我只要笑起来,谁也不会怀疑我的真诚。

"今天我请客,阅粤,去'港中港'——"大拿突然拍着我的肩膀耳语。我知道他是要还人情。早晨语文课,老师点名要他背诵《岳阳楼记》，不幸的是他背完"登斯楼也，则有心旷神怡，宠辱偕忘，把酒临风，其喜洋洋者矣"后，突然卡壳了，他摇晃着身子，双手着急地挠着桌沿，没有人提醒他。我正好在他的后座，我点了两个字"嗟夫！"，算替他解了围。

"我有点别的事，嘿！"我也婉拒了。

中午放学，同学们分成了三拨，一拨去学校食堂，每餐十元，一荤一素两个菜加一份汤，米饭随便吃，很好吃。另外两拨中，我是一拨，唯一的一拨，只有一个人，回家吃饭。剩下一拨又分三拨去校外餐馆：一拨去港餐厅，有空调，环境雅致，饭食有汤有菜有饭，要花二十多元；一拨去都城快餐，价格十四五元，比起港餐厅又稍逊色；最后一拨去大排档吃快餐，一般十一二元，是最实惠的，只是环境略差点，两荤两素，还有汤，吃饭的多是附近的务工人员，只是没有空调，四面敞开，风扇还是有的。

我要回家，昨晚爸爸做的土豆丝剩了小半盘，米饭也有，够了，这样可以省三块钱。惯常，每天早晨上学前，爸爸给我和弟弟每人七块钱，早餐四块——三块钱的肠粉加一块钱的豆浆。爸爸一直强调早餐要吃好，尤其要喝豆浆，可以补充身体所需的很多营养。午餐就剩三块钱了。一般而言，中午我出了校门，旋即钻进密密匝匝的人群，前行三百米，再转身穿过马路，向前行两百米，便是大发包子馆。如果有穿校服的同学，不管认识不认识，我都要略略错开一点，免得撞上；真有认识的同学，我甚至会前行几十米，盘桓良久，再转身回到这家小店。爸爸说这家小店是山东人开的，我上小学时就开了，一直到现在，至少有八年了。这里只卖包子，很大的包子，三块两个，够我吃了，还有免费的汤，汤里有紫菜和西红柿、鸡蛋，只是很少见到鸡蛋，鸡蛋味倒是有的。这里的风扇吹得很起劲。

天热得沸腾。我的汗水从头发的四周渗出来，继而从两鬓开始，流到脖颈，来不及擦拭，左边刚擦一把，右边又流下来，喉头擦一把，后脖颈又痒痒地在流汗。一站多的路程，我必须走回去，如果再乘地铁或者公交，再搭进去一块钱，还算什么节约？我还不如吃了包子，赶快回到凉快的教室里算了。

我之所以算账如此之细，是因为我的钱比别人的值钱。

十五分钟后，我钻进广州荔湾区河沙村那一条狭长的巷道，两边四五层高的小洋楼都是私人住宅。走进狭长的巷道阴影里，一下凉快了很多，呼吸两口潮湿的空气，浑身凉爽多了。回到家，上衣已经被汗水渗透，我急忙脱下衣服，赤着膀子，打开煤气炉，将饭菜热在火上。我饿了，真饿了。

从初中开始，我才被爸爸准许自己带钥匙。因为我家租的屋其实是业主的一楼车库，门是卷闸门。小学的时候，我和弟弟都够不着卷闸门，开了门也锁不上，爸爸不放心，怕发生意外。此前，无论什么时候回家，我和弟弟都要在家门口等，爸爸为了让我们在等待的时候有地方坐，在卷闸门下面放一块凉席，放学回家，我俩将凉席拉出来，铺在地上，又干净又舒服，趴在上面写作业，直到爸爸妈妈和哥哥回来。多数的时候，他们回家都天黑了，因为往往在晚饭前，他们的"生意"会格外好一些，而此刻，天也凉多了。弟弟躺在凉席上，玩着玩着就睡着了，显得很惬意。

饭菜很快就热了。我吃完饭，时间还早，躺了一会儿，抬头看，墙上的石英钟已经指向了一点半。我急忙爬起来，穿衣服的时候，忽然想起一身汗臭还在衣服上，忘了洗一把。如果被爱干净的某个女同学闻到了，又要皱眉头嫌弃。不管了，总之，谁中午出了校门还不得流一身汗，中午出门的又不止我一个人。尽量离她们远点吧。再说，校服就这一套，只能晚上回来再洗。

出门的瞬间，我发现妈妈的伞还在屋子的一角挂着，显然，妈妈忘了带伞。我急忙抓起伞。我要绕路过去，顺道送给妈妈，天太热，她怎么受得了？

九月的中午一点半，羊城热得惊人，说它像一个蒸笼并不夸张。一出门，人便被热浪淹没了。没有风，最近一直没有盼来台风，天气一直持续地热，每天都在三十八摄氏度以上，今天估计四十摄氏度了。

我打起伞，急忙向妈妈所在的地方走去。每天早上，都是十七岁的哥哥新新开着残障人专用的三轮摩托车，将爸爸妈妈送到各自的位置。他们所在的位置基本是固定的，除非初一、十五，他们要去惠福东路的大佛寺附近。

远远地，我看见妈妈坐在路边的那棵榕树下，树荫已经错过了她的头顶，阳光正照射在她的头上。尽管这是越秀区比较繁华的一角，而此刻却也没有太多的人，上班族都吃完了饭在午睡，行人大多不会选择在此刻游逛。妈妈一动不动地低垂着头，半趴着，她瘦小的身子在这偌大的树下显得异常卑微，她的前面摆着一个方形饭盒，她那变形的双腿和向内侧弯曲的双脚像辨识度极高的道具，豁然摆在身体两侧。她可以一整天不说话，只要有这个姿势就足够了。她的后背像一张地图，正如她从北京到中原，再到温州，最后到广州的乞讨路线图。

不知道此刻人们往她那塑料饭盒里施舍了多少钱。

那饭盒前面有一块白色牌子，牌子上面用胶带纵横裹贴，像包裹了一个婴儿。此刻，牌子在阳光下格外刺目，像一个方形的太阳，照耀着空荡荡的街道。

我看见妈妈在正午的烈日下如此孤独，又是如此落寞，她像一只即将被烤熟了的小动物，伏在地上，等待善意的拯救。在这个世间，她是罕见的被上天抛弃了的人，不过，她被爸爸接纳了，还有了我们兄弟仨，这个世间便有了她不管多么不幸和痛苦都愿意为之存活下去的理由。在这被抛弃和被接纳之间，她的内心坚忍无比。她整日在街角卑微地行乞，皆是因为有我们兄弟仨和爸爸。否则，这世间还有什么值得她留恋的？

汗水从我的眼角流下来，向妈妈走过去的路模模糊糊。此刻，我突然长大了，我要给妈妈一个惊喜，一个长久的惊喜。

我绕过正面的街道，悄悄从广州特有的骑楼廊下穿过去，经过了好多人家的豪华屋檐，也领受了从屋檐下吹来的免费凉风，从侧面来到妈妈的身后。她不在那豪华的屋檐下，那屋檐下都是店铺，会影响商家的生意，她只能在屋檐的对面，面向屋檐，像一个虔诚的信徒在膜拜面前的神祇。

我打开伞，悄悄走过去，将那一把破旧的伞悄悄举在她的头顶。我站着，伞下巨大的阴影将她整个笼罩住了。

妈妈垂着头，以一个亘古不变的姿势半趴着。尽管头顶的阴凉悄然而至，但她并没有察觉到，她似乎是迷迷瞪瞪地在打瞌睡。她的体重才六十斤，在大伞下，她周身都被阴凉罩住了。

妈妈面前那个白色的牌子，也被阴凉罩住了，不再发出刺目的白炽光芒，上面的字是爸爸写的："残疾人求助——没有生活能力，家有五口，三个残疾，孩子嗷嗷待哺，请好心人慷慨解囊！"

我俯视着牌子上面的文字，想起爸爸将那个牌子写到半夜的那个晚上。黄晕的灯光下，爸爸描了一遍又一遍，尽量把一些重点词汇描得粗大一些，"求助""三个残疾""好心人""慷慨解囊"用红色的笔描了边。最下面是妈妈的残疾证明复印件，也是清晰的，有她的照片和姓名。

请原谅，我不忍心写出我妈妈的姓名，这是一个很卑微的名字，而我却不舍得轻易告诉别人。在这个世界上，这个名字对别人而言，微不足道，对我们兄弟仨而言，却重逾千斤。但是，爸爸还是将这个证明印在了这块纸牌上。爸爸说，这是一种诚信，原本就是这样，无须掩饰。当时我在心里窃笑爸爸的迂腐，他动不动就要拿中原老家的一套来评判广州的人和事，可是，对于我们这样的人家，有用吗？谁也不会记住她的名字，偶或有好心人只是记住了她看似丑陋的外形：她那双弯曲的腿，像两根弯曲的树杈；双脚也是弯曲的，像一个超级芭蕾舞演员起舞时再也没有收回来的双脚，但这双脚里面似乎隐伏着巨大的力量，没有使出来一般。在我看来，这就是上天故意捉弄了她，让她的双脚成了这样。她的容颜是慈祥的，但她轻易不会抬起头来。她内心是自卑的，没有勇气向人们解释她不是骗子，真的是一个残疾人，的确没有任何的生存能力，她只能在人们将信将疑之间，寻找那些对她的身体信任的目光。其实，我也想过，如果谁都把她当作残疾人，那也不是坏事，这就是真相。但很多人把她当成了骗子，把爸爸和我们都当成了骗子，这就需要解释。可是，这种解释是多余的，没有人听的，没有谁有时间来倾听你解释不幸。

妈妈的眼神非常慈祥，没有抱怨，更没有不平。她每天在这里乞讨，但凡有人在那塑料饭盒里面丢进钱币，她都要抬起头，将她那慈悲的目光投射给施舍者，继而俯身叩首。每天晚上回到家，她都会一一述说，那一个个给她钱的人长什么模样，怎么看着她，对她怎么说的，她一一记住了他们的面孔，记住了他们的微笑，记住了他们说的每一句话。似乎她是在向佛祷告一样，让佛知道干了好事的那些人是谁、长什么样，以便庇佑他们。如此一来，妈妈就对佛充满了感激，她说，佛没有忘记她，每天打发那些善良的人来给她送钱,她还有什么可抱怨的呢?她感恩都来不及呢。她认定,广州真是一个佛性的城市。

我从未以这种姿势站在妈妈的身后。在我觉得这个"丑陋"的妈妈太过丢人而"抛弃"了她之前,我都是和妈妈一样并行趴着朝向相同的方向。只是我的面前是书本,似乎在向这个世界乞讨答案;她的面前是乞讨的饭盒,向这个世界乞讨善意。而今,我站在她身后,看着她干瘪的身躯和孤零零的样子,这是第一次。伞下的阴凉渐渐驱赶了溽热,上天送来一阵小小的微风,妈妈似乎被凉爽惊醒了,她肯定以为天阴了,上天将一朵云彩罩在了她的头顶。她抬头看了看天,天上没有云彩,她却看到了一块圆形的伞面;她想要转身,这是不可能轻易实现的,她的下肢是完全瘫痪的;她扭头看,看到了我破旧的运动鞋。她低声说:"阅粤——"我俯下身子,在她的身后,她吃惊地看着我,说:"阅粤——你咋……"

"妈妈,太热了……"有一种东西哽在喉头,上下颤抖,欲吐不能,欲咽不下。我本来还想说:"妈妈,你这样下去会被晒死的,晒死了,我没有了妈妈咋办?"可是我说不出来,我眼前的世界一片朦胧,像在水底,像在虚空。我周身颤抖。我妈像一片巨大的阴凉,罩在我的心头,让我幸福。

很快,那哽在我喉头的东西被我生生咽下去,发出了一声响亮的回声。"热得人眼里都出汗了,哈——"我笑着说。

我这才蹲下身子,紧靠着妈妈,坐在街边的台阶上。妈妈转过脸，却伸过手，将我壮硕的右腿抱在她的腋下，她的手在颤抖，她的头在溽热的空气中轻轻地晃动。在油画一般朦胧的羊城一角，我看见阳光炽烈，骑楼宁静，街道祥和，花开无声，妈妈的头发在至少十一年的乞讨生涯中过早灰白，她才四十六岁，她比爸爸小八岁。

"你咋不上学去，来这里干啥？"半天，妈妈的声音空荡荡地响起。

"我看见你的伞还在家，就送来了。"我想尽量恢复原本的声音，可是那声音是潮湿的，还是空泛的，我恨自己的声音走调。

"我的娃长大了，懂事了——"妈妈的这句话好像没有说完，她又停下来，许久后又说，"快去上学吧——要迟到了！"

"今天下午我不去了，妈，我要为您打一个下午的伞。"我的声音很坚硬，尽管天气炎热，却也没有丝毫的松软。

"那你要陪我一个下午啊？"妈妈笑着嗔怪。

"是啊，怎么啦？陪妈妈又不犯法，哈——"我轻松却又执拗地说。

妈妈没有立马回复我，而是隔了很久才说："阅粤，你不怕和妈妈在一起，妈妈给你丢人吗？"

我说："妈妈，我错了……"

小学四年级寒假的某个早晨，哥哥将我和妈妈用残障人专用三轮摩托车送到了眼下这个位置，为我们铺好了摊位，摆好了行乞的牌子，然后走了。我照例趴在地上，写作业。

一个说普通话的人站到了我们娘儿俩的前面,丢下了一块钱,我抬头看了他一眼,他又看着我妈妈说:"不能给孩子丢人啊!"

　　我妈慌忙俯身叩首。

　　我的脸腾地红了,我的头低垂下去,我希望那个人赶快离开,似乎世界上所有的目光都在看着我,都在说这两个字:丢人!我抱着课本,一个字也看不下去,只是将课本作为隐身的道具一般,没有任何答案。许久,我的目光移开书本,抬起头,那个高大而严肃的人早就离开了。

　　那一刻,我觉得自己是这个世界上最丢人的人、最可怜的人。我有健全的身体,我的出生被爸爸妈妈认为是吉祥的象征,而今,却被人如此嘲弄,我的健全还有什么用?我依偎在这个残障妈妈的身边,算什么男人!我起身说:"妈,我走了。"

　　没等妈妈说话,我扭头就跑,我抛下妈妈,头也不回,一口气跑到荔湾湖公园。我像一个正常家庭的孩子一样,装作无比幸福的样子,在温润的空气中奔跑穿行,街边的花卉争奇斗艳,我知道它们不是为我开放,而此刻似乎专门为我开放。如果我爸爸妈妈是健全的人,他们就在我身后散步、谈笑,像别人家的父母一样,我该是多么幸福!在这里,没有爸爸妈妈,谁也不知道我是一个残疾妈妈和残障爸爸的孩子,谁也不知道我是一对行乞夫妻的孩子,谁也看不出我是一个小乞丐。尽管是寒假,但我一直穿着校服,我觉得这是我掩护身份的最好的行头。

我在极度的虚荣和悲催中，度过了一个下午，直到天黑透了，肚子饿得实在难以招架，我才回到了家。我原本做好了要被妈妈批评或者责问的准备，谁知道我回到家，妈妈对下午的事连一个字也没提，她甚至提出一个建议说："阅粤长大了，以后可以自己去做事了。"

　　这个建议正中我的下怀，我想：独自乞讨也是我的本事，不是靠妈妈残疾的身体来博得别人的同情。

　　爸爸说："阅粤自己能做什么事呢？"

　　我沉默了一刻，说："爸爸，以后我可以一个人去'摆摊'！"

　　妈妈笑着说："你看看，咱家的阅粤是不是长大了？"

　　"那倒挺好，我只是担心你的人身安全。"爸爸也没有否认。

　　"可以让他试一试，迟早总是要靠自己的。"哥哥想了想，看着我说，"你自己要注意安全。"

　　当夜，我自己写了一块牌子：家庭困难求助。

　　我只写了六个字，我没有写父母残疾，我不愿意那样写，我不想让人知道我父母是残疾人。我觉得这是我的耻辱。

　　从此以后，我摆脱了残疾的爸爸妈妈，在周末或者假期单独"做事"了。

二

　　刚刚上初一的时候，我并不知道广州的农讲所是干什么的，后来才知道，这个农讲所旧址原来就是番禺学宫，是古代的官方学校，也是孔庙，里面供奉着孔子像。每当新学年开学前一天，附近的家长都要按照古代的礼仪，将孩子带到孔子像前，穿上汉服，举行隆重的开笔仪式，点朱启智。

开学在即，我的学费没有一点着落，一学年杂七杂八的费用要三千多，爸爸妈妈乞讨所得连过日子都成问题，更别说交学费了。自从我和妈妈闹了"独立"之后，我们家的"事情"成了四份，一份是爸爸和弟弟青青，一份是妈妈一个人，一份是我一个人，我们都在不同的地方；哥哥骑着残障人专用摩托车载人，算一份。后来禁止摩的载客后，"摩的佬"也做不成了，哥哥只好另做打算。

我之所以选择在农讲所附近，是因为农讲所离荔湾的学校远，离原来的小学更远。离中学远点，是为了防止新的同学或者老师认出我；离原来的小学远是怕原来的老师或者低年级的同学看到，这就太丢人了。万般无奈，我们家只有这一条路可走，我才十二岁，什么也不会，去打工人家也不要，我只有自己"摆摊"，为自己谋一份学费。这也是爸爸妈妈默许了的。此前每个学期的寒暑假都一样，这个学期更加要命，事关高昂的学费。

我一早来到农讲所斜对面，将那张字牌摆在前面，然后将一个自己捡来的红色纸箱放在后面，再后面就是我。我像是在跪着，又像是趴着，这是乞讨的"职业"姿势，也是学习的需要，我的前面是崭新的初中课本，我得预习新学期的课程。

对乞讨这个"职业",我是专业的,我做好了应有的样子,不知不觉沉浸在了书本中,新书本里面的课文尤其新鲜,它完全不同于小学,是一个崭新的世界。尽管附近非常嘈杂,但这并不影响我读书学习。

不料,我周围的嘈杂声越来越大。我略略抬起头,才发现我的身边围了一圈孩子和家长。孩子们的额头被点上了象征着智慧的朱印,似乎刚刚开启了智慧,都在发挥着无比聪明的才智对我指指点点。他们有的说着粤语,有的说着普通话,有的在质疑,有的在勉励,有的在嘲讽,也有小孩的嬉闹声,也有大人以我为榜样的教导声。我听到破旧的纸箱里有纸币丢进来的声音,它们轻轻的摩擦声和飘落的影子是我熟悉的,就像一只只温暖的手,在我的肩头拍了又拍。

我趴在地上,不时抬头,投以感激的目光。

一个温厚的老太太蹲下身子,在我身边看了许久,也不说话,人们渐渐离散之后,她才小心翼翼地问我:"你在哪个学校上学?"

我的脸涨红了,我不敢看她温柔的眼神,也不敢回答她的问题,我只是说了一声:"谢谢奶奶!"

那位奶奶说:"我可以看看你的课本吗?"

我递过去,奶奶微笑着接住了。她小心地接过课本,课本的封皮是爸爸昨夜和我一起包好的,上面写着我新学校的名字和班级,也有我的名字。那位奶奶认真地看了又看。

奶奶说:"阅粤,好听的名字。你们哪天开学啊?"

"明天……"我压低声音说。

"学费交了吗?"奶奶貌似翻着课本,其实是不想用眼神给我施加压力。

"没钱交。"我回答她,就像回答我小学的那位慈祥的校长一样。

"你去过学校了吗?"奶奶说。

"去过了,就在中山七路那边。"我回答。

我想这是奶奶在测谎,想知道我究竟是不是骗子。

我爸爸时常教导我们兄弟仨,要诚实,即便是乞讨也不能撒谎来骗取别人的钱,那是性质完全不同的两码事。有了爸爸长期的教育,我对一些不想回答的问题就选择沉默,要回答的一定是实话实说。

奶奶突然抓起我的手,摩挲了又摩挲,像亲人一般,她什么话也没有说,只是不断地摩挲着。那手温暖敦厚,她没有嫌弃一个乞丐的手是脏的,没有嫌弃这双手的陌生和疏离,她像熟悉我的手一样,将我的手覆盖在她绵软的两手之间。我的眼泪流了下来,我低下头,好让眼泪滴在我的旧衣服上,不被这位奶奶发现。我的手略微颤抖了一下,奶奶攥紧了我的手。除了妈妈和爸爸这样抚摸过我的手,再也没有人这般疼爱地摩挲过,没有人,即便是那些善良的人,他们丢下钱,最多看我一眼,就匆匆走了。奶奶拍了拍我的肩膀,说:"像个男子汉,阅粤!好好学习!"她站起身:"我先走了。"

我抬眼望,奶奶走了两步之后,回头微笑着回望着我,那温暖的目光,我实在舍不得,我想说一声:"奶奶,再见——"我举起被她抚慰过的左手,向她挥了挥。

她走了。我看见她身形消瘦,银发如雪,我的世界平添了一道从未有过的风景。她坐在我身边的时候,屁股上沾了一点点尘土,她并没有拍去,我想提醒她,她已经走了很远。

这天晚上,我收获了很多的纸币,我没有数,心里一直在念想那位奶奶,我只是简单地把纸币卷起来装进包里,回到家,就交给了青青。青青兴奋地数着钱,不时发出惊叹。我的心情很好,我渴望在下个星期再次见到那位奶奶,她再次抚摸我的手。

我坐在青青身边,用我的右手抓着左手,再用左手抓起右手,我的嘴角一定洋溢着前所未有的笑意。

次日一早,我就要去新学校报到。晚饭前后,爸爸妈妈都没有说话,他们似乎怕说话,一说话就免不了要说学费的事。我知道这是让一家人头疼的事,我索性老早就睡了,躺着看书,把书里面有趣的地方讲给青青听。青青很快在我的故事中睡着了,之后我也睡着了。

早起就去报名,报名免不了交学费。爸爸要陪我去学校,说是替我交学费,我没有同意,我说我自己交,爸爸没有多说。显然这是很难为情的事情,就他那一米二的身高,驼背,丑陋,钱还不够,他显然也是怕丢人。

新新懂得我的心思，其实妈妈也懂得。只有青青不懂。妈妈说："让他自己去交吧，阅粤长大了。"

爸爸没有吭声，他知道我的心思。

半天，爸爸说："让哥哥送你去，怎么样？"

新新说："肯定我去啊，我专车送阅粤进学府啊——"

新新骑着一辆他认为最酷的三轮摩托车，带着我飞驰的时候，我们全家都觉得我们再正常不过了，谁都是健康人。

新新还很幽默。我也不乏幽默："哥，你送我去，等我考上大学，将来赚钱了，给你买小车开——"

"这还差不多，最好买直升机，不辜负你哥的一片真心。走嘞——"哥哥高兴了。

哥拉着我，似乎是为了炫技，开得飞快，穿行在路边的小车之间，灵活自如，从他开车的姿势看来，他是兴奋的。我却在担心：今天，我的学费够吗？

到校门口，哥哥停了车，我从车上跳下来，挎着书包。哥哥的个头不矮，但他的左脚跛得很厉害，走起路来，像一个受了伤的企鹅，我们哥儿俩走在拥挤的同学家长之间，难免成为一道不堪的风景，但我不在意，他是我哥。

我们来到班主任办公室，填写完了相关的表格，然后，班主任开缴费单，哥哥说："阅粤，你先去那边找财务室，我就来。"

我走过来，在财务室门口等了半天，哥哥才来，他递过缴费单给窗口的老师,老师看着我又看着我哥哥,半天才说了一句:"剩下的也要尽快交上哟!"哥哥说:"凑齐了就来交,老师放心。谢谢您!"

哥哥从裤兜里掏钱,掏了半天,他低头看裤兜,似乎是裤兜骗了他,他再把裤兜翻过来,里面空空如也。

"咋回事?你到底交不交?不交还有别的同学!"听财务老师的口气,显然早就识破了哥哥这一套。

哥哥的脸上冒着汗,汗水从他的额头和鬓角流下来,家长们在后面也有点不耐烦。

哥哥只好擦着汗,从人群中钻出来。我也急忙从人群中钻出来,拉着哥哥往外走。

我将爸爸给我准备的崭新的小毛巾递给哥哥,问他是咋回事。哥哥将那块崭新的毛巾蒙在脸上,蹲下身子,在新学校的屋檐下,浑身开始颤抖。

丢了,哥哥显然是丢了钱!他肯定在开车炫技的时候,过于夸张地扭动身子,钱从裤兜滑出去了。

我蹲在哥哥身边,哥哥红着眼睛,将小毛巾递给我,看着远处,什么话也不说,半晌过去,才沉重地说:"全丢了。"他擦着汗,接着说:"别担心,哥想办法。你先去教室。"

我没动,我不敢去,我怕老师诘责。

这时,我听到有人喊:"阅粤,快进教室啊,你咋还在这儿呢?"

我回头,是我的班主任老师。

我扣着双手,站在老师面前,说:"老师,我哥把钱全丢了……"

"把钱丢了——"老师说。

哥哥此刻也站起来,身子剧烈地摆动了一下,又摆动了一下,来到了老师身边,像个做错了事情的孩子一样。

"唉——"老师似乎看到了这个身材高大却遗憾异常的哥哥通红的眼睛,说,"你先回去吧。阅粤,先回教室吧,以后再说。"

我跟着老师,转身向教室走去,哥哥在身后突然喊:"阅粤,别让爸妈知道!"

老师回头看了一眼哥哥,又看了我一眼,轻声说:"阅粤,没事,咱们去开第一个班会。"

三

整整一天,老师都没有提关于学费的半个字。在第一场班会上,她介绍自己姓曾,叫曾之倩,让同学们可以叫她曾姐。有几次,譬如提到班费、班长的职责,再如关于纪律,我感觉她都会说这件事,起码要点到这事,或者委婉暗示一下。我的心跳已经开始加速了,脸也开始发烧,眼睛不敢直视她,我低下了头,做好了一切准备,她却没有提,她似乎完全忘记了这件事。我忧心忡忡地度过了上中学后最尴尬的第一天。

放学后,我心急如焚,我担心哥哥向爸爸撒谎,等我回去又是另一套说辞而穿了帮;我想哥哥比我更急,他肯定担心我没钱交学费,老师会批评我,甚至把我撵出教室,或者限期交上等。回到家,哥哥不在,爸爸妈妈也没有回来,弟弟青青坐在大门外的凉席上。我开了锁,拉起宽大的卷闸门,举过头顶。我让青青进门,喝水,趴在床上看书。我去买菜。

进了菜市场,我先要看看有没有整堆卖的剩菜。可惜还没有,时间还早,正是晚上买菜的高峰,还没有到廉价处理的时候。

"阅粤,过来——"有人喊。

是胡伯,我们家人他都认识。他递给我一个塑料袋:"拿着袋,来——"他将土豆、油菜、西红柿、番瓜、番薯叶装满了一袋。

"胡伯,太多了——"我笑着说。

"冇,冇,家人多,快走——"胡伯假装在忙别的,连看也不多看我一眼。

"胡伯,多少钱?"我说。

"冇,冇,剩菜啦,快去,好好学习啦——"他看了我一眼,笑着说。

胡伯是一个老广。往常都是哥哥或者爸爸来买菜——与其说是买菜,不如说是捡菜,那些菜商把剩菜用袋子装好,放在档口边,可以供没钱买菜的人拿走。爸爸和哥哥总是来这个市场"买菜",胡伯就这样认识了我们一家。每天他都会把菜提前装好,等我们家的谁来拿走,只要看到,他都会远远地喊。

这菜至少已经吃了十三年了,自从我出生到现在。

这个菜市场还有王姨,粤语叫起来就是"黄姨"。有时候胡伯不在,王姨就喊:"阅粤,胡伯给你的菜在这里啊——"

我会说:"这是你给的,王姨——"

王姨笑着说:"菜上又冇我的名——"

我笑着回应:"我的肚子知道。"

"喏,今天上新学了,奖励你一条鱼啦——"不远处的大个子万叔又在喊。

"不要啦,不要啦——"我羞红了脸说。

"食鱼更聪明啦,考大学啦!"万叔喊。

王姨笑着说:"老万,一条不够啦,五口人啊——"

"你给多点菜嘛——"老万说着,将杀好的鱼远远地递过来。

我只好拿着。这是一个充满善意的菜市场。我想:等我什么时候有钱了,他们还在这里卖菜,就好了。

"青青——看!"我进门就喊,想给弟弟一个惊喜。

孰料,我家凌乱不堪的床头坐着两个让我瞠目结舌的人——我的班主任曾姐和昨天那位抚摸过我手的奶奶。

她们怎么来了?

我提着菜，急忙向奶奶鞠躬，又向老师鞠躬。

"阅粤，这位奶奶你认识吧？"老师说。

"认识，认识，奶奶好——"我一时不知道把菜放哪里好，就地转了一圈，才将菜放在凌乱的墙角。墙角有几个饮料瓶，有可乐瓶，也有雪碧、娃哈哈的瓶，都是我随手捡来的。

"奶奶昨天在街上见了你，今天特意赶到学校看看情况，没想到你一放学就回家了，我只好陪着奶奶来你家。"曾姐笑盈盈地说。

"阅粤，来，过来，坐奶奶身边——"

我坐到奶奶身边。

奶奶的手伸过来，又抚摸着我的手。

"青青，你也过来——"奶奶扭头喊。

青青怯怯地缩在床角，不肯前来。可见他们已经和青青聊了一会儿了，知道了他的名字。

"阅粤，家里情况咋样？跟奶奶说说——"老师说。

我的手在奶奶的手里，我的头垂下来，想要说，却被她的那双手给暖得流泪。

奶奶声音像棉，绵润柔和，说："男子汉，要像个男子汉的样子，不要轻易哭！要坚强嘛——"

我也知道，哭泣是一件羞耻的事。自从来到这个世间，我很少在爸爸妈妈面前哭，从出生起，从我的身体被医生证明完全健康之后，我就是我们家的希望，是我们家的骄傲，我总是把自己当作家里的顶梁柱，甚至有时候我的主意要胜过哥哥，当然也是哥哥让着我吧。所以，按照我爸的说法，我是很硬气的一个小伙子。对于眼泪，我是不屑的。

我忍住眼泪，说："家里挺好的，爸爸、妈妈都在外面做事，哥哥也在外面开摩，剩下就是我和弟弟上学，都挺好的。"

一阵三轮车的响动传来。我知道这是哥哥接着爸爸和妈妈回来了。不巧，我有点慌，不知道该如何处置。

我们四个人都暂时无话。

"阅粤——"我听到爸爸的声音传来。

"爸——"青青跳下床，去了外面。

我知道他一定是去告诉爸爸妈妈，家里来了什么样的客人。

爸爸摇晃着一米二的背锅身子进来了，后面是青青和哥哥推着轮椅，哥哥的身子也在左右摇晃，将妈妈用轮椅推了进来。

老师和奶奶从床边站起身来。

我站在爸爸身边说："爸，这是我的班主任曾老师——曾姐，这是我昨天认识的奶奶。""奶奶，这是我爸！"

"奶奶好——老师好——"爸爸原本就驼背，他躬下身去的时候，那个压在他后背的圆形巨瘤像一个藏在衣服下面的小山，面向奶奶和曾姐显露出来。

"这是我妈妈——"我一一介绍。

"老师，奶奶——"妈妈羞惭地说着，将残障的腿脚无意识地动了动。

"这是哥哥,新新——"我说,"老师早上见过了。"

哥哥显然大感意外,我估计哥哥和我一样担心,早上的事看来是纸里包不住火了。

哥哥说:"老师好——对不起!奶奶好——"

曾姐又把奶奶来学校找我的经过说了一遍。

奶奶也说:"昨天我路过农讲所,看见阅粤趴在地上读书,认真的劲让我很感动,今天想去学校看看,结果他已经放学回家了,怪我去迟了,就拉老师来看看,打扰你们了!"

"没打扰,没打扰,快坐快坐——奶奶、老师,我们家这样子,真是让你们见笑了。"还是爸爸会说话。

老师和奶奶又重新坐在了床上,说了一些鼓励我和青青的话。奶奶给老师使了眼色,两人起身告辞。我和哥哥将他们送出了狭长的小巷。哥哥一再向老师说对不起,说这几天他会想办法凑齐学费,送到学校。老师没说什么。奶奶说,这样的事也是有的,以后有钱就存在卡上,不要带现金。

我和哥哥站在巷口,看着她们分别去乘车,我们才回头。哥哥着急地问:"什么情况,阅粤?"

"奶奶是我昨天认识的,也不知道什么情况就找到学校了。老师一直没有提这事,爸爸妈妈都不知道,放心吧,哥。"我低声向哥哥交了底,哥这才长出了一口气。

爸爸妈妈站在门口等我们俩,家里从来没有来过这般尊贵的客人,他们不知道会发生什么事情。

妈妈一向很少说话,爸爸看我们到了门口,便问:"咋回事?"

"正常的家访,没事。"我说。

"早晨学费的事儿老师咋说了?"爸爸关心的是学费,他担心的可能是交不齐学费,我的学就上不成了。

"老师没说这事,一句都没提。"我说。

爸爸长长出了一口气,总算是放心了。

我开始做饭,哥哥洗菜,爸爸煮饭,妈妈蒸上了鱼。

次日,老师把我叫到了办公室,低声说:"阅粤,这是你一学年的学费收据。收好呀!"

我吃惊地看着老师,她的眼睛里充满了善意,像一泓清泉,清澈见底。办公室只有她一个人,她微笑地盯着我,温柔的手捏着那张收据,递到了我的眼前。我看见那上面写着:朱阅粤,2014年度学杂费,总计3360元。

我鞠躬。

我的头还没有抬起来,她已经从椅子上站起来,将那张收据塞进了我手里,以她格外温热的另一只手托着我的手,捏了又捏。

"老师,谢谢您!"我似乎没有说清楚。

"是曾奶奶。"老师说。

"老师,我能请求您保密一件事吗?"我接过那张收据说。

"我会的,你放心,以后叫我曾姐。"她温柔地看着我,点头说,"我只想你能快乐点,不要那么忧郁,做一个阳光少年。你不缺什么,对吗?"

"曾姐,我懂了。"我笑了,我的脸同时也热了。

曾姐的脸颊也红了。她二十七岁,比我大十四岁,复旦大学硕士研究生毕业。

四

尽管我上了初中,但周末还是一如既往地外出"工作"。爸爸和妈妈都不愿意让我出去,但我怎么能让他们三个残障人养活我一个正常人呢?新新也极其不愿意我出去,尤其是开学他丢了部分学费之后,他变得格外"敬业"。

那天,我回去便悄悄将那张收据递给他,他看过后,脸一下通红,他从来没有在我面前不好意思过,他几乎羞得说不出话来。

"这是我俩的秘密,永远的秘密,哥。"我说。

他一下抱住了我,紧紧地,拍着我的后背,说:"阅粤,你放心,以后哥再也不叫你受委屈了。"

"委屈什么啊?哥,我长大了,'神马都是浮云'!"我笑着说。

自此以后,哥哥对我和青青格外照顾。周末我要出去"摆摊",他竭力反对。

我也跟爸妈和哥哥说透了:"你们都不要担心,我去远一点的地方,我的同学们基本都是学校这个辖区的,我可以多走一些路,我甚至可以走出荔湾区,跨区'工作'啊,这样老师同学都见不到我,我就'安全'了。"为了更加隐蔽,我甚至找出小学的校服穿上,选择了去白云区或者番禺,这样应该可以万无一失了。

尽管我千般万般小心地安全度过了一年多,但在初二下半年,我终于被逮了现行,露馅了。我怀疑是班主任曾姐"出卖"了我。

那件事情发生后的次日,也就是周一的课间操之后,我来到了在操场的班主任曾姐的身边,她笑眯眯地看着我。而我将难以想象的敌意毫无掩饰地写在脸上。我盯着她,我的嘴角抖动,我满面通红,欲言又止,眼泪在眼圈里打转,面对她却说不出一句话。

"阅粤,怎么了?"她抓着我的手,尽管那般细腻温柔,但被我甩开了。

"姐做错了什么?"她满眼疑虑地看着我问。

"你出卖了我?"我盯着她的眼睛说。

"我没有。"她很坚定地说。

"你没有告诉任何人?"我问她。

"我没有告诉过任何人,除了我的男朋友。"她诚恳地说,"咋回事?"

听到她告诉了她的男朋友之后,我突然忍不住狡猾地笑了。曾姐看着我笑,她也笑了,她用指头点着我的鼻尖,亲热地说:"说,笑什么?说——"

"我知道你男朋友是谁了,哈哈!"我更加狡猾地说,"我一辈子都不会忘记他!"

"胡说!"曾姐脸红了,她的眼睛里闪烁着别样的光,看起来更加美丽动人,"你搞错了吧?"

我悄悄说:"政治老师。"

她的脸色才倏地正常:"吓死我了!你错了。究竟咋回事?"

我犹豫好久,告诉了她事情的经过。

前一天,我在番禺长隆动物世界对面的天桥上面"摆摊",照例,我是趴着的,这是我应有的姿势。我的前面摆着课本,课本的前面是牌子,牌子上面还是那六个字:家庭困难求助。牌子的前面是一个纸盒,纸盒里有一些零星的纸币。

天照例很热,天桥的桥面发烫,我在膝盖下面垫了两块塑料泡沫包装袋,柔和,隔热。

不知道什么时候,我的身边蹲了一个人,他没有吭声,拿起了我的课本。我侧目,看见他的运动鞋,白色的,干干净净,很漂亮;从裤脚看,他穿的是富有弹性的运动裤。我没有敢抬起头来正眼看他。我照旧无声地写数学作业,而他拿起了我的政治课本。

他蹲在我身边，一页一页地翻动着书，掀起一缕一缕的风，缓缓吹动。他看了很久，一动未动。我能感觉到他的眼睛在看着我，也看着书。他似乎是一个我熟悉的人，我能感觉到他的气息，否则，他不会花这么长时间待在我身边；再说，政治课本又不是语文课本，故事不多，并不像故事书般吸引人。书页在他手里不时被翻动，似乎像一句一句的问话。我开始有点不安，但我还是没敢看他一眼。我想他应该是一个读书人。

终于，他翻完了我的政治课本。他似乎也盯着我看了很久，我的脖颈正在他的视野当中，我的脖颈有汗水，我能感觉到那汗水簌簌流下来，钻进了我的前胸，我不敢擦一把。他似乎也在琢磨什么，但他没有说话。最终，他轻轻地放下了书，站起来，默默离开了。

我感觉到他那轻盈的举动，似乎不想打扰我，那双漂亮的运动鞋在我侧目的视野中消失了。

我急忙抬起头，他的背影是我所熟悉的，没错，就是他，干净帅气的老师。他三十多岁，平日不苟言笑，我却从未见过他发火。他讲起中外哲学和中国史头头是道，尤其是对老子和庄子的哲学思想，他最是喜欢。他还说过，正如范仲淹所说："不以物喜，不以己悲。要把这个世界看得通透，你才能站得高远。"没错，他就是那个人，他是我的政治老师。

我几乎要喊出来："胡老师——"但我还是沉默了，那一刻，我没有喊，我也不能让他难堪。他成全了我的尊严，只是在这里短暂地陪伴了我，他没有嫌弃我。他知道我是谁，我的课本上面清清楚楚写了班级和姓名，他已经带了我们班将近一年半，他对我是熟悉的。

我低下头，拿起他看过的书，打开，书里面夹着一叠纸币，面值有一百的，有五十的，有十块的，甚至还有毛毛钱，总共是三百五十六元五角钱。夹钱的位置正是我们班所学的最新的章节。这一页上，我用铅笔认真记下了他所讲的一句话，我认为这句话是他讲课的精华：志存高远，方能行稳致远。

显然，胡老师把身上的所有零钱都掏出来了。

在新一周的政治课上，胡老师显得很平静，在课程基本结束后，他说："我知道，每个人的人生是截然不同的，尽管我们坐在一个教室里，我们的身份都是学生，但是我们的家庭背景千差万别，这就决定了我们人生起点的差别。但是，无论如何，我想请你们将来有一个共同的志趣：善意对待人间，善意对待每个人，即便这种善意没有任何回报，甚至得到了相反的回报，我们都应该淡然处之，因为你的善意才是你在这个世界活下去的理由之一。"

胡老师始终没有问过我究竟是咋回事。一天下午，即将放学的时候，我看见胡老师穿着皮鞋，从办公室出去了。我悄悄溜进他的办公室，在他的办公桌一侧，放着他的运动鞋，我做贼似的将那双运动鞋拉出来。鞋边正好有擦鞋布，我将那双运动鞋很快擦得干干净净，放回原地。

我快速做完这些，像干了一件见不得人的事。这件事却意外地启发了我，从那个周末起，在初中剩余的一年半时间里，我出去摆摊已经不再是乞讨，而是擦鞋。我只是将书包里的书全部掏出来，变成了工作包，里面装上一盒鞋油和擦鞋的棉布，摆在街边不妨碍交通的地方，开始工作就是了。我的面前再也没有了那六个字的牌子，我以一个手艺人的身份出现在街头。这是一件令我自豪的事，当天我就收入近百元。

　　我请求哥哥这么做，哥哥说自己也早就想过，只是没有敢尝试。果然，哥哥也按照我说的做了，他像换了一个人，对自己用劳动换来的钱感到格外自豪。

　　此后，爸爸妈妈也相继改换门庭，开始擦鞋赚钱了。

五

　　转眼初中三年即将结束，中考在即，哥哥无论如何也不让我再去摆摊了。他说："这是决定一生的关键时期，对于家庭开支而言，没有你的这些收入，暂时没有任何问题。"

　　其实，我心里有数，我的学习成绩考高中是没有任何问题的，我的成绩一直是班级前五名，从来没有落下过。按照曾姐所说，以往每年中考，我们学校的重点中学上线率都在百分之八十以上。但是，我早就开始担忧，读高中没有本地户口是不会被录取的，这是政策规定的，谁也改变不了。而我的户口还在中原周都，没办法，我没有条件落户广州，只能就读私立中学，但学费很高。

中考成绩下来，我没有担心。填报志愿的时候，曾姐反复忧虑地和我斟酌过，最终填报了最好的私立中学。曾姐说，之所以选择这所私立中学，是因为这所学校有个规定，凡是考入前十名的学生，一律免除学杂费。

中考成绩公布之后的当天下午，晚饭时分，我们一家正吃着炒白菜、煮白饭，谈笑风生。曾姐和胡老师一起来到了我家。

他们的到来对我而言是很意外的。爸爸妈妈都诚惶诚恐，尽管这是曾姐第二次到我家，爸爸妈妈都显出很熟络的样子，但还是不敢多说什么。当我介绍了胡老师之后，全家人都很感激地看着他，家人都知道我在长隆天桥上的那次遭遇，都知道胡老师是谁。我知道家人是担心我考得不好。曾姐说："阅粤中考成绩很好哦，竟然超出了重点线三十四分，就按照我们计划的高中去上吧，应该不是大问题，三年也快，按照你的智商，将来上个重点大学是没问题的。"

胡老师也向我投来赞许的目光，点了点头。

我也点了点头，始终站在他们身边。

老师们很快要告辞，曾姐说："阅粤你毕业了，我俩给你一个小小的礼物，做个留念。"

她将随手提的一个盒子递给我，我接过来，想要打开。胡老师制止了我。他摸着我的脖颈，轻声说："阅粤，不用急，等我们走后，你自己一个人打开看看就行，要保密哟！"

我和哥哥照旧送他们到了胡同口，我向他们挥手，他们也微笑着挥手。他们走出很远了，我突然不顾一切地跑上前，抓住了他俩的手，紧紧攥了一下，我不能错过这个机会；然后，我松开他们的手，深深向他们鞠了一躬，转身往回跑。中途不知道是什么将我绊倒在地上，我没有感觉到疼痛，爬起的同时，向后看，他俩还在巷口看着我。我没有觉得疼，急忙站直身子，向他们再次无声挥手。

我回到家，正在处理左膝盖的伤口，一个电话来了。这是我们家唯一的一部手机，一般是哥哥拿着，他接起来，又递给了爸爸。爸爸接着那个电话，脸色越来越严肃，最后说："我知道了，谢谢老师。"

爸爸接完了电话，全家人都盯着他，谁也没敢说话。

是青青打破了沉默，问："爸，啥事你说，我们大家商量嘛——"

"嗯，"爸爸犹豫再三说，"是WT中学的招生办打来的电话，阅粤考上了他们学校。"

"哇！二哥，这么好的学校，我知道，升学率百分之百！"青青喊。

"可是，学费每年要五万块。"爸爸一下老了很多，他用双手上下搓了一把脸，说，"阅粤，是爸爸妈妈对不起你，这学怎么上啊？你也长大了，懂事了，今天事到临头，你自己也当着妈妈和哥哥弟弟的面，说一说你怎么想的，有什么计划。"

爸爸的语气很沉重。

我能说什么呢？面对五万块的学费，答案只有一个：辍学。我知道我和曾姐的计划破灭了，我没有进入前十名，我没能免去自己的学费，这怪我自己，没什么好说的。可是，不读书去干啥？把擦鞋作为终身的职业吗？我也想过，我可以去摆摊擦皮鞋，也算正当地挣钱。即便如此，又能如何？擦鞋能改变我们这个家庭的困境吗？不行。既然如此，我当然是无路可走了，我的人生是可以看到头了。我将背负着这个难以前行的重担，靠卖力气来维持现状，像蜗牛一样缓缓走完自己的一生。

我的眼泪在眼眶里快速地旋转，我想将这绝望的泪水迅速消解，不能让爸爸妈妈看我这绝望的样子，我从生下来就是全家人的希望，我不能在任何时候让他们失望。

大家都看着我，我迟滞片刻，笑着说："爸爸，你先别着急，路还没有走到尽头。我还有一个想法，既然我的户口在老家，那我就回老家读高中。"

这个想法说出来，大家吃了一惊，都看着我。他们的背后是凌乱的床铺、折叠的纸箱、七零八落的塑料瓶、破旧的厨具、无色的沙发、捡来的餐桌。

"那怎么行？那么远，又没人照顾你。"妈妈一直没有说话，她本来就话少，而此刻她却先说了。

"妈，我都是高中生了，还不能自己照顾自己啊？没问题的。"我看着妈妈,笑着握着拳头,晃了晃,给全家人信心。

"我看行,这主意不错,我支持。"哥哥表态。

"我也支持!"小学六年级的青青也握着拳头,"耶!"

爸爸还是不说话。全家人再次沉默。

最终,爸爸发话了:"那我们就豁出去,算是我们家的一次冒险吧,回去读就回去读。老家的花费肯定少很多。"

青青在一边欢呼。哥哥也松了一口气。妈妈却眼含泪水,叹息了一声。

妈妈舍不得我离开,毕竟我只有十五岁,尽管我的个头已经有一米六八。

爸爸下了很大的决心同意我回老家读书,但他有很多话是压在舌头下面了,没有说出来。说到底,一个字:钱。我知道,去老家周都读书,只能住校。在老家继续干老本行恐怕不行,要是行,当年我们全家也不至于来广州;另外,在学校住宿吃饭肯定是一笔比在广州还大的开销。但是,我照样可以像在广州一样,每天七块钱维持啊,周都的物价应该比广州低吧?

其实,在我的心目中,广州就是我的故乡。我两岁的时候,也就是2004年,爸爸妈妈就将我带到了广州,小小年纪就在那条狭长的巷道里玩耍,广州的一切我都熟悉而亲切。而周都虽是我的故乡,但我是完全陌生的,我也从来没有回去过一次,我甚至至今还没有走出过广州,周都到底是什么样子,在我心中完全是空白的。只是户口这个东西在哪里,我必须回哪里读书。

事情就这样决定了。但是能否在老家顺利入学,还是未知数。爸爸急忙和老家的大伯联系,说了我读高中的事。流程上倒也简单,现在随父母在外上学的孩子也多,本地教育部门有规定,凡本地户口在外地上学的学生,高中就读按照原中考成绩对照本地中学的录取线就学,只要成绩上线,在周都可以就学读书,就学时带上户口本和成绩单就行。

我和爸爸计划在开学前一天到周都,做一些简单的准备工作,尽量减少开支。

这是一个不眠之夜,对一个十五岁的少年而言,是有点残忍,但我似乎已经习惯,甚至对未来充满了期待,一段新的人生正在开启。

等所有的事情基本敲定,大家都睡去了。

我打好地铺,悄悄打开了两位老师给我的礼物盒。这是一双崭新的运动鞋,外面套着干净的白布袋,两只鞋躺在一起,刚好适合在这个盒子里和谐共生。我小心揭去包装纸,怕弄出声音。这双鞋洁白无瑕,甚至高贵纯洁,是我平生第一双新鞋。我捧着那盒子,抚摸良久,那鞋的温度像老师皮肤的温度,细腻、柔软,鞋面的线条柔和,走起路来不疾不徐;鞋带绵软而有韧性,可以系得很紧,这样双脚肯定有使不完的力道;鞋内是蓝色的,绵软得像一个巢,我将手伸进最里面,便觉得被保护,很安全。我看看自己脚上这双爸爸捡来的鞋,尽管也非常合脚,却与这一双新鞋完全不同。

我将鞋从盒内取出来，我知道，这是胡老师的心意。

我抱着那双鞋，唯恐它飞走一般。突然，我发现鞋盒底部还有一个信封，我急忙取出信封，里面装得鼓鼓囊囊的。我的手伸进去，是钱，厚厚的一沓钱，被一张干净的纸包裹着，我小心地抽出来，我从未见过这么多的钱。我的心开始跳腾得厉害，眼睛随即热得厉害，握着那沓钱的手在抖，我尽量将手稳住。

那沓钱的外面是一张白生生的纸，上面是手写的隽永的小字，是一封信，我平生收到的第一封信。我展开来，在黄晕的灯光下，字迹分明，隽永有力。这是胡老师的字。

阅粤：

  我俩帮不了你什么，你读高中需要钱，我们暂时只能凑这些，五千块钱解决不了大的问题，就算是我俩对你的一点鼓励吧！你是我们所有学生中最有出息的一个，也将是最有前途的一个，不管你上什么学、在哪里上学，都不要自弃。你知道，这个世界需要实力，而一个人最大的实力就是有学问。我们希望你无论在什么境遇下都不要忘记做学问，将来有一天我们会为你是一个有学问的人而自豪。

你永远的朋友曾老师、胡老师
2017年7月30日

我将那封信贴在我汗水未干的心口，我感觉到了自己的心跳，我想让这张纸永远贴在心口，陪我走遍天涯海角、风霜雨雪。

我将这张纸从心口取下来，怕被汗水浸湿了，小心折起来，再次装进信封。

广州啊广州，我怎么舍得离开？

六

临去周都的前一天，我决定在广州最后一次行乞，我要以行乞的方式向广州告别。地点就是妈妈常驻的那个点——荔湾区最热闹的天桥下面的路边。

我写了一个新的牌子：广州，感谢您！是您的包容养育了我十五年，我长大了，我要暂时离开了。

我穿着初中母校的校服，我没有怕给母校丢人，我想这是一个赌注——自己的赌注，将来我一定给善良的广州争光，否则，我就有辱这座城市了。

这天，我最希望见到那位广州的奶奶，希望见到很多曾经看到我趴在地上写字的叔叔阿姨，不管他们有没有给过我钱，只要他们曾满含善意地看过我一眼。哪怕是那个以我来教育孩子的阿姨，我也想看她一眼。她曾经指着我，对她的孩子说："看见了吧？那个哥哥不好好学习，才变成这样的。将来你不好好学习，长大了也就他这样子——做乞丐去！"随后她在我的乞讨盒中放下了一张十元大钞。

这一天是8月27日，晚上七点四十分，我就要坐火车去老家中原周都读书了。我知道在此后的高中三年里，我是不会回到广州的。

这一天同样很热，我喜欢这种大汗淋漓的感觉，我想将体内所有汗水都流出来，洒在我妈妈和我曾经乞讨过的这一方土地上。

最终，我有些小小的失望，我始终没有等来那位奶奶。她在我读初中的三年里，曾经来过我们家三次，那个车库、那个出租屋、我那个温暖的家。她每次都不多说话，抚摸着我的手，看着我一年年长大，眼神充满温柔，偶或说一句粤语。她也从来没说过她姓甚名谁，但我知道，她就是我的广州奶奶。

眼看着快六点了，奶奶还是没有出现，我再也等不住了。我按照往常写作业的样子，写了一封信，贴在我身后的那棵榕树上，我想奶奶一定能够看到：

广州奶奶：

　　感谢您曾抚慰过我，感谢您给我的温暖和能量，您是广州最美的化身，我会永远记得您，想念您！我要回老家去读书了，也许三年后才能回来。如果您看到这封信，请您一定告诉我妈您的尊姓芳名和家庭地址，我会给您写信的。愿您健康长寿！

奶奶，谢谢您！

阅粤叩首。

2017年8月27日

我用米粒将这封信贴在身后这棵我熟悉的老榕树上，就像交到了奶奶的手里。夕阳西下，树叶间斑驳的光影照着那封洁白的信，我的心里踏实了很多。我又摸了摸这棵老榕树那皮若裂岩的树身，想到它在前几年那场可怕的台风中依然坚挺不倒，仿佛它使命在身，为了给可怜的我和妈妈一点慈悲的荫庇。

我做完了这些，哥哥正好开车来接我和妈妈。回到家，我又急忙出门，在小卖部买了十根棒棒糖，火速跑到菜市场。我进菜市场门不一会儿，就听到老伯喊："阅粤，来来——"我跑过去，什么话也没说，剥了一根棒棒糖的糖纸，把棒棒糖塞进了老伯的嘴里，老伯呜啦呜啦说着白话，惹得周围的菜贩子都笑，我给他们一一送了棒棒糖，蹦蹦跳跳地说："晚上要回老家了，谢谢你们！回去三年，我读高中去！"

我轻快地倒退着步子，挥着手，他们向我投来欣喜异常的目光。

当晚，妈妈为我们包了饺子，说："我们老家都讲究出门的饺子、进门的面。"吃完了饺子，我和爸爸上了哥哥的那辆三轮车，青青也要去火车站送我，可这车哪里坐得了三个人？我给青青嘴里塞了一根棒棒糖，然后出门了。

十五岁的我，第一次还乡。

七

广州是在晚上离我越来越远的。闪烁的街灯，卓然超群的广州塔、广州圆大厦，一一向我的身后缓缓移动，最终消失。我和爸爸坐的是慢车，温温吞吞，欲走还留。

我不记得当初我两岁的时候来广州的情形，我想问爸爸，爸爸却在上车之后仅过了一站，安顿我操心好行李，就去找"座位"了。他肯定只买了很短的一段路程的车票，此后，怕占着别人的座位，就去了别的地方。爸爸是在任何环境下都能顽强生存的人，这一点我不怕。也许，他是在餐车过的夜，也许是某个座位下面过的夜，皆有可能。

直到次日早晨七点，爸爸回到了我的座位。他买了豆浆和包子，我数了一下，总共六个包子、两杯豆浆，这是我和爸爸的早餐。他边吃边对我说："穷家富路，好好吃。前一站是孝感，你听到了吗？我们已经走了一半的路程了，下午六点多就到周都了，晚上我们就可以回到我们村。"他说着"我们村"三个字的时候，好像他刚离开不久，其实已经十八年了。

我问："爸爸，你想那个村子吗？"

爸爸看着车窗外飞速奔跑的风景说："咋不想啊？一马平川的好地方啊！你爷爷奶奶的坟在那里。我的哥哥、你的亲伯伯在那里，怎么能不想？只是想也白想……"

中午，爸爸泡了方便面，将妈妈装的卤鸡蛋每人分了一个，香得很，这味道是我很少闻到的。尽管原来在街头行乞的时候也有人给过方便面，也吃过，但是桶装方便面我还是第一次吃，味道真的很香，就是面太少了。我为了细细品尝面的味道，都是挑起很少的面，慢慢吃，细细嚼，多喝点汤，酸辣酸辣的。

爸爸显然对这种香味不是很适应，他喝一两口汤，便开始咳嗽起来，他的背锅激烈颤抖。旁边的座位上有人嫌弃我们夸张的样子，投来鄙夷的目光后，暂时离开了座位。

晚饭我们没有在车上吃，等到了伯伯家再吃。

我们乘车前，爸爸给伯伯打了电话。伯伯今年五十八岁，身体很好。

晚上六点刚过，我们下了火车，接着坐大巴出了城，太阳挂在无垠的平原上空，天空显得空荡荡的，大地辽阔无边，寂寥落寞。

我在想，这个村和广州的村有区别吗？在那个村子，早晨打开门，就有鸟叫，就有花开，就有人在门口放下食物，放下衣物——他们很少当面将旧物送给我们。如果我们家一直在这个村子，我也会在他们的行列里，去孔庙接受开笔礼吗？

大巴穿行在陌生的乡村，八月的乡村，绿意盎然。我叫不出庄稼的名字,爸爸在一边望着窗外,似乎恨不得钻出头去,一边给我介绍这是什么地方,路边的庄稼叫什么名字。而我对此是有隔膜的,尽管我的户口在这里,但是对这里真的没有更多的感情,如果当年这里能够让我们一家坦然住下来,在这个地方生活,我们哪能跑到那么遥远的地方,在别人的屋檐下仰人鼻息地生活呢?但这仅仅是我内心深处卑微的想法。总之,按照爸爸的解释,他们是为了给哥哥新新治病,背负了很多的债务,这才不得已走上了乞讨之路,为了不在家乡人面前乞讨才远离家乡的,这也是被逼无奈,谁愿意轻易离开故乡呢?

这里不是我的故乡,是爸爸的故乡。我的故乡在广州,我所有童年和少年的美好记忆都是广州给我的,我的父母兄弟都在广州,我要回去!此刻,我仿佛想明白了此行的意义和使命所在:离开是为了回去。

爸爸还在热切地看着车窗外,不时地指点着,偶尔他会静下来,似乎是被记忆生生拽回去了,继而又跳出记忆,来到现实。他的兴奋引来了车后座一个老乡的注意,他们很快攀谈起来,三句话之后,发现他们就是同村的,不过时过境迁,那个比爸爸小很多的老乡还是不知道爸爸是谁。但说起他的爸爸妈妈,我爸爸竟然十分熟悉。爸爸不断回头和同村的老乡聊天,问他们村的谁咋样,哪个老人去世了,哪个邻居生病了,哪个邻居发达了,等等,他的中原话说得那么标准,这是我此前从来没听过的。

爸爸终于找到了自己的故乡,从他突然而至的乡音就可以听出来。爸爸已经五十四岁了，是到了怀乡的年龄了吗？

"阅粤，看看，前面就是咱村——"爸爸兴奋地喊我。

我顺着他的手指看去，村庄的屋脊掩映在绿树丛中，满眼的绿色将村庄包围在中间，炊烟从破败或者崭新的屋顶升起，我很多美好的向往似乎在这一刻突然被唤醒。

车在村口停下了，我们下了车。爸爸说："那是你大伯，看看，他在等我们呢。"

夕阳西下，一个比爸爸老很多的人站在路边的一棵白杨树下。

我提着箱子和包下车，爸爸在后面，唯恐落下什么。

"哥——"爸爸喊了一声，似乎嗓子眼被哽住了。

他步履蹒跚地奔向他的哥哥。大伯身体高大，应该在一米七以上，爸爸的身高却在他的腹部，爸爸抱住他，仅仅是抱住了他的腰。大伯弯下身子，拍着爸爸罗锅一样的背，似乎也很是激动，嘴里不断说："老二，回来就好，回来就好——"

爸爸松开了他哥哥的身子，转身看，我就在他们身后尴尬地站着。大伯看着我，他似乎惊讶于我健壮的身子和阳光的笑容。

"阅粤，这就是你大伯，快来——"爸爸喊。

我提着箱子，走近两步，向大伯鞠躬。

"阅粤，你长这么大了，大伯是第一次见你啊——"大伯的眼神是喜悦的，也是稀罕的。

据爸爸说，大伯的孩子们没有一个上学读书的，都在到处打工赚钱，也很辛苦。不同之处在于他们的身体都是健壮的，不像我们家里，五人就有三个残障人。

爸爸很自豪地看着我，说："老三青青也长大了，和他差不多高。"

"快走吧，回家。"大伯笑着说。

大伯要接过箱子帮我拎，我说："我可以的，大伯，不用。"

他说："你的哥哥们都外出打工去了，姐姐们都出嫁到外村了，家里只有我和你伯母，我们老两口带着两个孙子。"

我们去了大伯家。

伯母很热情，是我平生未见的热情。她握着我的手，抚摸了又抚摸，在我的胳膊和后身摸了又摸，似乎是有意外的事情在我身上发生了一样，或者说是奇迹在我身上发生了一般。按照她的话说，像个城里的孩子。她的眼神透出母性的温柔，这是除了妈妈和广州奶奶，第三个女性这样亲近我。我的内心激动而忐忑，我知道我的脸上已经写得清清楚楚了，不知道他们看出来了没有。

爸爸和大伯在热切地聊天。我出门细看，这是一个寻常的院落，院内有几棵树，树上果实累累，有梨子，也有苹果，还有枣儿。正面是主房，两侧的房子低矮一些，像库房，灰头土脸的，却很实在。这是我此前从未见过的，我内心好生羡慕这些土坯房子。我内心暗暗想，如果这是我们家的房子该多好。

两个孩子怯生生地看着我们，我从包里掏出棒棒糖，给了他们每人两个，一个是六岁的男孩，他已经学会推辞了，犹犹豫豫地不敢接，看着奶奶的脸色。奶奶说："接着，叫叔叔。"他喊了一声"叔叔"，才接了，急忙撕了糖纸，放进嘴里。大家都笑了。另一个是三四岁的女孩，尽管眼神陌生，却很纯净，看着哥哥嘴里的糖，我递过去就接着了，低头认真撕开糖纸，塞进嘴巴。

大伯说："阅粤，这是你的侄子和侄女，叫春春和果果。"

伯母很快端上了爆炒土鸡，我们围在一起，我第一次在老家吃饭，这间宽阔的房子比起我们在广州十三平方米的车库要宽敞很多，这房子里没有像我们家里似的破烂东西，没有随手捡来的塑料瓶子，没有废纸，只有一张干净的旧沙发和一张木质的茶几。

说实话，我原本是不想来这里的，我想直接去学校报到，等我高考完毕再来也不迟。但是爸爸无论如何也要让我来看看，一路上给我做工作，我不得不听从他的安排。我知道这是他的情感寄托所在，他出生在这个院落，他的爹妈就是在这个院落里将他这个残障孩子拉扯大的。我理解他。如今到了这个地方，却又不一样了，这是一个有亲情的地方。

吃完饭，天已经很黑了。

爸爸要去看看我们家的老院子，我不得不陪着他和大伯、伯母出门。过了几个庄院，就到了。这是一个破败的院落，门是锁着的，锈迹斑斑的铁门在手电筒的照射下，充满了乖戾之气。大伯给了爸爸钥匙，爸爸左拧右拧，那把锁发出喑哑的声音，很不情愿地开了，似乎在抱怨爸爸来得太迟。

这哪里是个院子？这里就像一个荒草萋萋的墓场。各种荒草高得能淹没爸爸，各种虫子和小动物在草丛里惊慌跳跃，似乎是遭遇了外敌的突然侵袭。在荒草的对面是三间破旧的房子，畏缩在远处的昏暗的手电光中，就像爸爸妈妈不健全的身体一样。

爸爸钻进草丛，向那破房子走去，大伯跟在后面，我也跟在后面，伯母站在门口，没有进去。

房子屋顶早就塌陷了，那门只是象征的门而已。门打开，里面也是荒草和堆积满地的坍塌物。

爸爸默默站在门口，似乎非常失望。

大伯说："我们也顾不上维修，就这样先撂着，等你几时回来，几时再修吧。"

"阅粤，这就是你的家啊——"爸爸说。

我"嗯"了一声，没有什么恰当的话来回答爸爸，心里想：有一天，我要把这屋子重新修建起来。

次日一早，我们再次从大伯家里出发，向县城中学赶去。

周都县城中学的校园大得惊人，操场也宽敞得惊人，这是广州的学校没法比的。爸爸送我到门口，再也不进去了。我知道他怕他的身体给我丢人，怕让别的孩子看见，对我怀有鄙视。我只好在校门口告别了爸爸，看着他很快转身，摇晃着丑怪的身子，向公交站走去。他是要乘公交车到火车站，再次返回村里，再看看老房子，然后回广州。

我没有手机，爸爸也没有手机，全家唯一一部手机由哥哥带着，平日谁有什么紧急事就打给他。所以我也没办法和爸爸联系，不知道他在老家待了几天、做了些什么。等到开学后的第一个周末，我才出了校门，用公用电话给哥哥打了电话。哥哥说，爸爸已经安全回到了广州，回到了家。哥哥着急地问我："学校咋样？食堂吃得饱吗？花销大不大？老师好不好？"我一一作了回答，总之都好，都比广州好。

八

学校的老师和同学都把我当作大城市来的学生，甚至对我非常尊敬。同学们不知道广州是什么样，问长问短。有的问广州的歌星，有的问广州的小蛮腰，有的问白云山，我都含混地回答了一下。他们都认为广州人有钱，可是我从来分辨不出来哪个是有钱人，哪个是没钱人，或许也有人把我家当有钱人家呢。其实，对于广州，我也知之不多，在广州，我只是在自己小小的半径范围内生活，哪里知道真正的广州是什么样。我所知道的广州仅仅是那些菜商、小卖部的老板、包子馆的老板、广州奶奶，还有我的中小学老师，其他的我一无所知。

学校里的同学大多来自乡下，家境大多并不优裕，因此，他们甚至怕我在这里吃不了苦。老师总是问我食堂的饭菜吃得惯不，还说宿舍条件差，要学会适应之类的。加上我的学习成绩在班上是最好的，所以我甚至成了备受关心的对象。同宿舍的乡下同学们每每周末回家带来家里好吃的东西都要跟我一起分享，这让我的自尊心得到了极大的安慰，我的内心坦然了很多。

学校食堂饭菜十分便宜，对我而言，每天只需要八块钱就够了，早餐两块，午餐和晚餐各需三块，只比广州多一块。同学们见我从城里来的，不明白我怎么这么节俭。我说："家里的条件差，没有钱，一家人都在广州讨生活，哪有钱大手大脚花啊！"在学校食堂，想吃好点也完全可以，每顿吃个二三十块钱，也不是问题。饭菜有等级，可是乡下的孩子大多和我一样，吃最简单的早餐：一份稀饭、一个馒头、一个鸡蛋或者一份豆浆、一个大馒头、一个鸡蛋。我甚至觉得就这样也于心不忍，在广州每天也才七块钱。不过广州的晚餐是在家里吃的。

终于，有一天，有个"我们村"的同学总算知道了我的底细，似乎很快都传开了，我爸爸妈妈都是残障人。于是，有个别同学开始对我另眼相看，这些对我而言早就不是问题。在平日的言谈当中带出一些风言风语，我全都充耳不闻，我照常作息，从未受过影响。

对一个被人用白眼看惯了的人而言，这个世界的另眼相看皆是路边的闲景，可有可无。

一个与我要好的同学小心翼翼地问我："有人说你爸爸妈妈身体不好，是真的吗？"我说："是真的。这重要吗？"他说：

"不太重要，你还有爸爸妈妈，而我连爸爸妈妈也没有。你说，没有爸爸妈妈重要吗？"没想到这个世界还有比我更惨的人。

我陷入了沉默。继而，我握住了他的手。

这位同学叫邱同，他的爸爸在他三岁的时候就出车祸死了，妈妈改嫁了，他和爷爷奶奶生活在一起。爷爷奶奶只有他爸爸一个儿子，他的爸爸妈妈也只有他一个儿子。他爷爷今年七十四岁，奶奶七十岁，都在农村，已经老了，唯一盼望的是在他们离开这个世界之前，他能够长大成人。

邱同讲这些的时候，没有抱怨，没有怨恨，没有痛苦，也没有哀伤，他的麻木出乎我的意料。

我告诉邱同，也是第一次坦率地向一个外人袒露自己内心的秘密——我的爸爸妈妈真的是残障人，没有劳动能力，是乞丐，爸爸生下来就是驼背，身材矮小，才一米二；母亲小儿麻痹，原本许给了别人家，别人家见了不要，被我爸捡了漏——这是我爸的原话。我哥哥生下来也是小儿麻痹，爸爸妈妈为了给哥哥治病，背了沉重的债务，不得已走上了乞讨的路，最终哥哥也没有被治愈，如今开着残障人专用三轮车载客，偶尔也擦皮鞋。倒是我生下来就是健康的，也是爸爸妈妈的骄傲和希望。还有弟弟，生下来的时候虽然健康，但爸爸满心想要一个女儿，按照家乡的习俗将来可以为哥哥换个媳妇，想不到又是一个男孩。爸爸原本想把弟弟送给人，但最终在别人将一摞钱放在炕头的时候，他却舍不得了：这么健康聪明的孩子，岂能送人？我们家就是三个残障人，两个健康人，三个残障人养着两个健康人。他们都在广州街头乞讨。我也曾经讨过饭，是吃百家饭长大的。原来我说这些的时候，内心难免凄凉和惨淡，没想到在这个夜晚，在黑暗中，坐在高大的槐树下，向邱同讲这些的时候，我却觉得无比羞愧。起码我的爸爸妈妈还活着，还能讨饭给我们兄弟三个吃，我还有他们供养，而他却没有，哪怕是讨饭的爸爸妈妈也没有。

我突然心生自豪，甚至优越，相对于这个几乎没有任何依靠的同学而言，我是幸运的。我们俩从此成了好朋友，我们约好在学习和生活上风雨同舟，将来考大学也要考广州的大学，我们一起上学，更要互相抚慰。

邱同原来成绩很差，主要是他对这个世界失去了信心。在我的鼓励和帮助下，邱同的成绩很快提升。周末我俩去擦皮鞋，但是这里擦鞋赚钱很少，于是就在城里捡纸板和饮料瓶换点钱，甚至做搬运零工。我们一起挣点零花钱，补贴生活。我们几乎在一起吃住作息。他也慢慢改变了自己的世界观，变得积极向上，变得阳光起来。原来他妈妈来看他，他从不见面，给钱他一分钱都不要。后来，他终于想开了，妈妈来看他的时候，他还要拉着我一起去。他还反过来劝说妈妈，不要为他担心，也不要为他花太多的钱。妈妈已经改嫁了，在不远的一个镇上，条件相对还是好点。给他的钱物他都向我通报，好像是我俩共同的收入。

我俩一起打工赚来的钱也是用于一起的开销，吃饭、学费，我们都是一起计划的。假期，我们就去他老家帮助他家收拾庄稼，收拾完了，存留一点给爷爷奶奶吃的，其他的卖了，作为上学的费用。

我们好像寻找到了各自的另一半，我们彼此抚慰扶携，不分你我。同学们笑话我俩是"同志"。其实，班上同学们从高一就开始早恋了，他们彼此都在享受那份甜蜜，而我俩不敢，我们不敢和女生说话，不敢看漂亮女生的脸蛋，不敢对她们笑，我们没有这资本。我们需要的是从这个学校走出去，找到人生的出口。

三年里，我没有回过广州，过年就在大伯家。高三那一年的春节我向大伯撒谎回了广州，其实是在邱同家过的。我不敢回广州，来回一趟需要上千块的花销，而这上千块对我而言就是一学期的伙食费；另外，我要对我当初的信念负责，当初我下定了决心，要以另外一个身份回到广州，那就是广州某一所大学的新生。这才是给我的爸爸妈妈和哥哥弟弟最好的交代。

高中即将毕业，高考在即。以我的学习成绩，我不怕没学上，只是怕上不了广州的大学，这是我最担心的。

高考前一周，哥哥打来电话，说爸爸妈妈要来看我。我坚决反对，这太花钱了。哥哥说："这不是钱的问题，是爸爸妈妈的心，你懂吗？他们是为了你能够有信心考好才去给你助威的。"这个我咋能不懂啊？可是，对我们的家庭而言，我是不敢奢望的。别人家的孩子在考前两三周就包了宾馆，或者父母提前专门租了房，来陪伴高考，我怎么能奢求呢？我最后还是同意爸爸妈妈过来，但是前提是要安全出行，情况不允许，就千万不能来。

哥哥也同意了我的想法。

爸爸妈妈最终在高考的当天，到达了周都。

这天中午，考试结束后，学生分三拨出校门，我们这一拨正好安排在最后，每隔十分钟一拨，我从十二点等到了近十二点半才被允许出教室门。

我在拥挤的人群中走出校门，远远就看见我父亲趴在校园一角的栏杆外，焦急地张望着。

三年了，我没有见过面的爸爸妈妈在校门外等着我，他们那残障的身体里蕴蓄着对我的思念和牵挂。在我人生最为重要的节点，他们真的出现了！爸爸似乎没有看到我，我向爸爸招手，爸爸终于看到了，也在露出半个身子的栏杆外向我招手。他又回头看了看，肯定是在对妈妈说，阅粤出来了。

学校不准我们出校门。我跑过去，隔着栏杆，笑着说："你们还真来了！"

爸爸也笑着说："咋样？感冒好利索了没有？有没有影响？"

我说："没问题，都好。"

爸爸听我说了这几个字，似乎心里踏实了很多，也欣慰地咧着嘴巴笑了。他的嘴巴两边都是皱纹，令人心碎的皱纹。

妈妈在栏杆外台阶下的轮椅中，蜷缩着瘦小的身子，向我笑："你快给阅粤吃吧——"

爸爸这才恍然大悟似的递给我他们特意准备的烧饼和半斤卤

肉，还有一盒牛奶。这是我吃得最奢侈的一餐，肯定超过二十块钱了。

我接过来，说："还真饿了——"接着狼吞虎咽起来。我知道爸爸妈妈最想看到的就是我茁壮阳光的样子。

妈妈看着我高大的身子，说："阅粤又长高了。"

我含混地说："三年不长高点咋行啊？都快大学生了——我现在一米七二！"

爸爸妈妈自豪地欣赏着我。

妈妈说："下午考试的时候带点水，吃了肉会渴的。"

我"嗯嗯"地答应着。我突然想起来邱同，就剩了一半的肉和一张烧饼，又问爸爸还有烧饼没。爸爸说："再没买，不够吗？"我说："我够了，还有个同学，不知道他咋吃的。"爸爸说："你吃，我再去买。"

我想阻止爸爸，他却快步蹒跚走了。很快，他又买了一份肉和烧饼，也加了一盒牛奶，从远处走来，递给我。

我匆匆说："你们快找个地方去休息，我也回宿舍了。"其实，我是怕邱同吃过午餐，错过这顿美餐。

回到宿舍，邱同正躺在床上，翻着书。

见我进来，急忙端给我一个快餐盒，是热乎乎的饭菜。"我妈送来的，每人一份。快吃啊，你去哪儿了？"

我扬起手，递给他说："我爸妈也来了，每人一份，这是我爸妈送来的。"

我俩看着对方，彼此的眼神充满暖意。

九

按照爸爸妈妈的计划，高考结束后，我们一起回广州。

后来我改变了主意，等高考分数出来，填报志愿后再回不迟。毕竟要把各种事情都处理完毕，尤其是填报志愿。我想好了，要亲手把所有的志愿都填报成广州的大学，哪怕考不好，去再差的学校，我也要回广州。

7月25日凌晨零点是2020年开始公布高考分数的时刻。我是中原一百多万考生中的一个，每个人都急于查到自己的成绩，查到心中期待的那三个阿拉伯数字。

邱同也没有手机。尽管爸爸出门的时候带了哥哥的手机过来，但那手机实在太老了，上网太卡太慢，我再也等不及了。凌晨零点三十分，我和爸爸找到了一家网吧，花三块钱就可以上网。

终于查到了，我的高考成绩是607分！中原的一本线是理科554分，我高出了53分。邱同，583分，高出了29分。"6""0""7"像三个吉祥的音符，将我和爸爸带到了快乐的巅峰，这是我们家在长达二十年的乞讨生活中第一次真正扬眉吐气的一刻。爸爸用拳头砸着他那干瘪的胸脯说："这下好了，这下好了！"我心疼他的胸脯，但他似乎非常享受。他激动地说：

"快给你哥哥打电话。"我笑着望着爸爸说:"你高兴糊涂了,哥哥的电话在你的手里。"爸爸不好意思地笑了,说:"我也是老糊涂了。"

我兴奋地给邱同打电话,一定要报考广州的大学。

我所有的志愿全部填报了广州的大学,我要回到广州!

爸爸在这件事情上有一些犹豫,他看过我的志愿书后,犹豫了半天说:"你还是去别处上大学吧!阅粤,为啥非得全部报考广州呢?"我说:"广州好啊,我喜欢广州,你和妈妈也在广州,我们一家人在广州多好。"爸爸说:"我倾尽全力就是想让你走出我们这个家,过上你想要的生活。你回到广州,不是又回到从前了吗?"我听得出来爸爸的意思,他是想让我摆脱这个家,像正常人一样过上体面的大学生活,不想让我上大学还像过去上初中一样,在别人的怜悯和同情,甚至鄙夷不屑中度过。我说:"爸爸,我懂得你的意思,你想让我离开你们,不受你们的牵连去上大学,甚至过以后的生活,这是你的理想。可是,我想要的却是带领我们一家在广州过上和从前不一样的生活。如果我离开你们,去独自寻找自己的幸福,我读书还有什么价值和意义呢?"

爸爸向黑暗的一侧别过脸去,留给我的是那背锅的后背和不成比例的大头,他不想让我看到他那张脸,他那么无辜,那么无奈。我听到有一丝嘘声从他的鼻腔发出来,甚至我能感觉到他比例失调的身子在轻微颤抖。

我什么话也不敢再说了，我知道我的选择是正确的。我也确信我的选择，我相信我的这些愿望会悉数实现。

次日清晨，我给我们家附近的那家小卖部打了电话过去，让他告诉我哥哥，我的高考成绩是607分。那家百货店的老板是我们全家人都熟悉的，就在那狭长的巷子口，那老板不慌不忙地问我："你哥哥是谁啊？"我笑了："老伯，我是阅粤啊！"老板笑着说："啊，阅粤，你考了六百多分啊，能上什么大学？"我说："能上广州的好大学！"那老板说："我去找你哥哥。阅粤，你可真不衰啊！"这是广州话，意思是有出息。

吃过早餐，我在周都的一个高档社区门口摆了一个牌子，坐下来。这一次，我不再是乞讨的，不再低眉下眼，我仰起头，我面前的牌子上写着：高考成绩607分，寻找家教。并在牌子上赫然印了高考成绩单。

不到一个小时，我就被几个家长团团围住了，他们询问我的学习经验，羡慕无比地和我交流，询问家教的收费情况。我让他们自己开价，他们都给出了我意想不到的高价。我总共选择了五个学生，每天各一节课，一节课两小时，从7月26日开始，连续辅导一个月，正好到时我也该回广州去读大学了。

邱同没让我看他的志愿，我也没有勉强。以前我们讲过多次，我们要在一起，在广州一起打拼，这样才对得起这三年。

直到8月20日，广州某大学的通知书快递到了我的手里。我打电话问他收到录取通知书了没有，他说他也收到了，是中原的一所大学，也挺好的。我有点失望，问："你没有报广州的大学吗？"他只是淡淡地说："爷爷奶奶年龄大了，需要人照顾。"我听了，哑口无言。隔了很久，我对他说："你的选择是对的，以后我们会走到一起的。"

当天，爸爸要我一起回村上，他要带我去祭祖。我无奈地向学生家长请了假，回乡祭祖。我心想，爸爸就是想告诉村里人：我最终没有被命运击败，我儿子终于为我光耀门楣了。

初秋的中原周都大地还是一片碧绿，满地的秋庄稼长得茂盛无比。大伯在村口等我们，见我和爸爸远远走来，就点燃了长长的鞭炮，炸响在村口。他快步走上前，抱住了我，说："你给我们的先人长脸了！"

村上的老人孩子悉数出门，问长问短，都投以羡慕和惊叹的眼光。我知道他们无非是在内心说：这样一个背锅的儿子考上了一本，真是老天长眼了！

他们每个人都对我无比亲热，抓着我的手，看着我，说："看你天生的吃公家饭的模样！"我笑了，内心想：我以后要吃的肯定还是自己的血汗挣来的饭。

祖坟在一块碧绿的庄稼地里，几座坟墓上长满了青草，显得并不凄凉。尽管多年未曾祭祖，爸爸还是熟悉的，他径直走在最前头，虔诚跪伏在先人的坟墓前，我紧跟在后，大伯也跪在身后，还带着他的两个孙子。

冥纸点燃，暗红色的火焰上方飘出了一缕青烟。我们祭酒，奠饭，叩首。

一股混合的酒饭味道弥漫在清晨纯净的空气中。

同村的人站在村外不远处的四周，眼巴巴望着我们家的这场夸张的祭祖，啧啧称赞。

8月26日，我和爸爸持着录取通知书，在乡派出所办了户口迁移证，重返广州。我要回到那潮湿的热浪蒸腾的地方，我愿意再次被热浪淹没，我愿意。

原发表于《佛山文艺》2022年第10期

四手联弹

　　文明路可真文明。甫一入住，我便听到邻居家琴声流淌，不绝于耳，还是钢琴。究竟是广州的核心地带，还有免费的钢琴曲欣赏，我整日熏陶在艺术氛围中，真是享受。不过，我是乐盲，难为知音，但莫名喜欢。因为这种东西可有可无，听，它起伏有致，优雅悦人；不听，也就是个响动。作为一个单身狗，有点响动，总比没有好，尽管我是一个极其喜欢安静的人。有时候，我也挺烦这琴声，偶或半夜三更，琴声大作，顿兴激情，将我从梦中惊醒；继而琴曲舒缓疲惫，诱人入睡。我这次是遇上真的艺术家了。

　　不久，我在一场朗诵会上邂逅了一位钢琴教授，她叫董琴。我喜欢她，我请她来寓舍做客。进门后，我们寒暄了几句，正当一段小小的空白档，尴尬在即，邻居家的琴声适时响起。我甚为得意，说："这是我家的背景音乐，邻居在弹钢琴，知道你来了，演奏迎宾曲呢。"董琴毫无表情地说："这不是迎宾曲，是德彪西与拉威尔四手联弹双钢琴作品，曲名叫《古代墓志铭——为一位无名氏的墓志铭而作》。"我既羞愧，又惊讶于她对乐曲如此敏锐快捷的识别能力。她在音乐学院当教授，身材窈窕，谈吐雅致，举止恰到好处，正如一架高贵的钢琴。我更喜欢她了。

接着她问："你邻居夫妻都是搞音乐的吗？"我说应该不是，我从来未见他家里有女人，好像也是单身，至少七十岁了。董琴说，那就是播放的乐曲，不是弹奏的。我心想，也许吧，但至少说明我的邻居是一位音乐鉴赏水平极高的人。

我本来要说出一件事，但面对这个女教授，没好意思说出口。今年夏天的傍晚，气温高达三十八摄氏度，我下班进门，脱了上衣，光着膀子，进了厨房。正巧，邻居也在厨房做饭，尽管他头发几乎全白，但他面色白皙，身材瘦削，丝毫也不显老。我们相距不到五米，只隔着空空的天井和窗纱，让人觉得这段距离既远又近。他说："你好，邻居，我这边有好多女人，知道吗？"这是邻居先生第一次跟我说话。我一听这话，心跳加速，不知如何接话茬，装作没听懂。他说的是粤语。我继续做饭，他又说："邻居，听到我说话了吗？"我用普通话说："您好！您是在跟我说话吗？"我听到他家客厅传来钢琴声，清脆悦耳，一声声将溽热驱走不少。他说："是的，我是在跟你说话呢！我家里有个女钢琴师，她一丝不挂，在弹琴，你想见见她吗？"真是令人惊惧的邻居。他穿着整齐，丝毫不像在家里的样子，似乎是在演出现场，我看到他的衬衣领口系着黑色的领结。我顿了顿，笑着说:"免了吧,邻居,还是您自己享受吧!"他说:"你的穿着,有碍观瞻!"我这才意识到自己是裸着上身的。我急忙红着脸说对不起,转身溜出厨房,穿上背心,许久没敢出现在厨房。

董琴在我家里没有待多长时间,只是很客套地给我解说了《古代墓志铭》表达的意境,什么幽思,什么冥界,天人对话,正如老子和庄子,什么《神曲》,等等。在我听来,这曲子和标题毫无关联,好像是一个老人在回忆,一会儿汹涌澎湃,一会儿孤独寂寞,一会儿在倾诉内心的私密,一会儿在评说对外界的观感,凌乱不堪,不知所云。总之,这种东西,在你走神的时候,会引导你更走神,忽而想到一些美景,忽而回想起一些美事,还会让人想起一些浪漫的细节和令人恐慌不安的往事。

董琴走了,没有什么意外发生。琴声还在,不绝如缕,低回缠绵,似乎是在替我倾诉杂陈的心事。我沉浸其中,一时心绪纷杂,恍然出门,从文明路左转五十米,即入北京路。在这千年古道上,人潮涌动,我却如独自在荒野。那块透明的玻璃下面,是北宋的路面,路面的青砖上长着青苔,似乎还散发着宋代的味道;再下面是元代的路面,我看见和我一样的北方人在这路面上走过去,牛皮鞋的鞋底钉着铁掌,走在砖砌的路面上,敲打出叮当悦耳之声,正如那《古代墓志铭》的琴声。明代、清代、民国和当下的声音,四重叠加一处,正如那四重奏一般,四只手时而急促、时而舒缓,在这砖块般的琴键上,弹奏出了两千年之间多少无名死者的跫然足音。

一段时间，我被董琴和邻居家的琴声感染成了一个伤感者。两个模糊而美好的所在，遥远而近切，近在眼前，远在天边，听而不得。我的孤独如同秦朝一统百越的五十万大军中的一员，猛然来到这异乡的街巷，越是热闹，越显得另类和格格不入。语言不通，习惯迥异，饮食相悖，思维有别。邻居的教训就是最现实的例证。

邻居在五米的视线之外，一墙之隔，我对他的印象实在谈不上深刻。一段时间，我被他那一番训导弄得羞愧难当，时常进了家门，马上警惕起来，看看对面邻居先生在不在家，否则也不敢贸然脱掉衣服；即便脱了，也要拉上窗帘；进厨房前，也要重新穿点什么，比如围裙。有时候，进了厨房，我想起他的提醒，急忙退避三舍，穿点什么，再进去。我的厨房似乎成了礼堂一般。甚至有几次，我看见他在厨房里，着装整洁，在做饭，我都尽量避免面对他，尽量拖延时间，或者拿出面板，在客厅操作。多数的时候，见他在厨房，我都要等他操作完毕，错峰下厨。毕竟我是从乡下来的，虽然也自诩为一个文化人，但遇上这位极端文明的人，我难免滋生不少的羞愧和自卑。

有一次，他看见我进了厨房，急忙喊："邻居，你是不是姓董？"我笑了，问："你咋知道我姓董？"他说："呀，真是缘分，我们是本家，我也姓董。"我笑了笑，不置可否，便匆匆出来。我才知道，邻居也姓董。我又想起了董琴，心想：他俩才是本家，这似乎是上天在北京路的预设，也够神秘的。说实话，我内心里是怕他的，可是在自己家里怕别人，终归也不是办法，却又无计可施，这就令人更加难堪。

意外的事总归发生了。一天早晨起床迟了点，我选择从小区后门的迎恩里绕出，如此可以避免与大量的人群相撞，能快点到达地铁站。出了后门，前行不到一百米，眼前的一幕勾住了我的目光：一位穿着西服、扎着黑色领结的男子在垃圾桶里专注地寻找什么。我的好奇和意外可想而知。这文明路还真是文明，捡垃圾竟然都如此讲究！正要走过去，突然想到，那黑色的领结似乎有点眼熟。在好奇心的驱使下，我再次鼓足勇气，偏过头，正面看过去，令人吃惊的事就在眼前：这位捡垃圾的竟然是我的邻居董先生！

我敢断言，是他那黑色的领结出卖了他，确定无疑。他就是我的邻居——董先生。我内心的傲慢升腾而起，对他的鄙夷盎然如岭南的花草，一时葳蕤。我昂首继续走路，脚步端直，身端体正，双目不屑的余光却斜睨在他的身上，无法抽拔出来，恨不得看见他手里捡到的是什么肮脏的东西，也许是一个避孕套呢。我狠狠地睥睨着他，擦身而过，继而，我竟然停下了脚步，悠闲无比地从衣兜里掏出一支烟，恶意地站在原地，点燃。一缕烟从我的嘴里飘出来，惬意无比，我恶作剧地希望他转身注意到我：对，让他看清楚，就是我，你的邻居，正在看你捡垃圾呢！

他的左手优雅地背在身后，右手空挖在垃圾箱口，似乎是在指挥着一场演出，一个微妙而细小的音符正被他的右手提拉起来。我此刻对他真的是鄙夷至极：一个拾荒者，竟然还拿捏得如此雅致，也真是滑天下之大稽。

我的邻居住在一线城市核心区繁华之地，这里可是文明路。北宋时，连续多年不见有学子中举，先生们急了，上书官府，在学宫对面开了城门，叫步云门，显然是想让学子们平步青云。到了清代，改为文明门，路就叫文明路。我心里十分好笑，又无比好奇：没想到时至今日，这文明路上出了这样一位落魄的拾荒者！他竟然真的是我的邻居，真是无奇不有，还装什么钢琴师！

我想其中必有故事，我好奇心愈甚。但上班在即，我不能如此邪恶地观望下去，只好恋恋不舍地离开我的绅士邻居，赶往地铁站。

我上班在东湖，离文明路的寓所只有两站路。寓所是单位提供的，免费使用，连同物业费都由单位负责，我感激我的老板。此前上下班，我都是从文明路西行二百米，左转进入北京路，直行四百米，再左拐，便是北京路地铁站B口，下了电梯，右转直行一百米，等待地铁；上了这节车厢，到东湖地铁站B2下车，正好就在上行的扶梯口，不用挤巴，绝对第一个上扶梯，不耽误一点时间；出了地铁站，前行三百米，就是单位。整个行程是我反复修改、反复斟酌过的，恰如一段流畅的圆舞曲，舒缓有致，恰到好处。这是我挤地铁的高效攻略。

自从那一次在迎恩里碰到董先生，好奇心作怪，我彻底改变了上下班线路，每次都从窄窄的迎恩里出去，从仰忠汇左拐，再进入北京路，看看是否能再一次在垃圾箱旁边遇到邻居。回了家，我也格外轻松了，进了厨房，照常赤着膀子，挥洒自如，却也没怎么和董先生正面遭遇。路线的修改使得这段小夜曲的开头显得有点突兀，我明知如此，却固执不改——好戏在后头。

还真奏效，每天早晨，我都能碰到他。那时刻，他总是在迎恩里绿色的垃圾桶边徘徊，专注地捡寻。我想：这位可怜的邻居是在找早餐吧？我装作毫不在意，仰着头，不疾不徐，缓缓走过去，像个绅士。其实，多少次，他根本就没有在意路人，由于太过专注，甚至浑然不觉行人通过。他总是在晨光里背着左手，谨慎地伸出右手，高高抬起，修长的手指向下，正如一只正在探向河水的鹤头，寻找鱼虾虫草。很奇怪，我发现他总是用右手翻捡，有时候，左手或者放在前胸，动作甚是优雅，完全不像拾荒者那般伏在垃圾箱口，大手大脚，脏乱不堪。他手指轻柔，似乎在琴键上寻找一个难得的音符，又似在捉笔书写，正在描绘着一幅精妙的山水画。那白皙的手指修长优雅，在阳光里像几束温柔的光柱，忽而交叉，忽而分离。他的身材笔直，西装革履，在晨光的迎恩里堪称一道风景。

用"翻捡"这个词来描摹倒不是十分精准，应该用"搜寻"，对，"搜寻"更加贴切。因为搜寻有从心而觅的意味，而翻捡的动作太大了，像抄家，像大观园的那个夜晚。他不是在翻捡什么，因为我从未看见他翻捡出什么东西拿在手上，譬如撂起来的纸箱、旧的衣物、过期食品等等，什么都没有。

　　一日清晨，我七点起床，单位当天有活动，要赶早集体乘车。迎恩里满树的荫翳中，鸟儿早就婉转啼鸣，我看见他已经站在一棵树下，洁白的鸡蛋花次第绽放，树下是一个垃圾桶，他站在垃圾桶边，嘴里叨咕着：哪里去了呢？哪里去了呢！我悄无声息地从他身边走过，我的恶意有所收敛，他的专注也从未被外界任何东西所干扰。

　　黄昏，北京路口，那栋橘黄色的转角楼，灯光渐次亮起来。黄晕的灯光，纷纷下披的绿色藤蔓，纠缠在一起，映着夕阳，煞是迷人。向后转，就是迎恩里，我不断回头欣赏那景致，并未在意前方。及至迎恩里最西头的垃圾箱边，邻居董先生已经在我身边。夏日的垃圾箱散发出非同一般的臭味，他笔直地站着，在黄昏的阳光中，我看见他的左手背着，右手五指有节律地伸屈着，修长而白皙。我没敢多看他，一时忘了身后的美景，继续前行。一个蹒跚学步的婴儿从右前方斑驳的楼口向我跑来，那孩子的身后是一个老妇人，踉跄追来，我徐徐张开双臂，迎上那小孩。小孩见我拦着他，歪歪扭扭回了头，又向那妇人跑去，我在他身后笑着。那妇人在前面张开双臂，接住了那小孩，一边看着我，友善地说："就怕他。"那妇人扬起下巴，示意了一下我身后的董先生："他有病，很长时间了，怕孩子被吓着。"

　　"哦，见他总是在垃圾箱边，什么病？"我问那妇人。

　　那妇人指了指楼口的椅子，示意我坐下。我坐下来，一缕金色的斜阳正从北京路口的黄楼顶上洒过来。那妇人刚要开口讲故事，却示意着远处高张着臂膀的邻居，惊恐地说："看看，又犯病了，快走，快走——"那妇人还没有开始讲故事，便抱着孩子进了楼门。

我回头望，董先生站在金色的巷口，恍若站在巨大的舞台中央。他面对黄昏的残阳，挥舞着双臂。

秋日的一个周末，董琴再次来到我的住所。她长时间对我若即若离，一方面她对我的诗歌近乎痴狂地欣赏，只要我在微信朋友圈发出一首诗歌，她几乎会在瞬间点赞；另一方面对于我本人，她却显得有点冷淡，甚至冷漠。我对她一往情深，她应该最为清楚明白，却恍若未知。这次，她来了，除了诗歌，就谈我的邻居。我说："我的邻居是个优雅的拾荒者。"她吃惊地说："不可能，在北京路有房子住，不可能是拾荒者。你知道你这房子值多少钱吗？"我不知道，这是单位的房子，给我过渡，在这地段，肯定很高了。她说起码过六万了。我想，这地段的房子价格定然不菲，北京路是广州文明的发源地，这房子正好在文明路，可想而知。我迅速百度文明路房产，正好有一套精彩大厦的房子，内部转让价是九万五一平方米。我惊恐地说："按照这个价格，他也是一个千万富翁了，还捡垃圾？"董琴的脸色沉郁，她走到客厅窗口向对面邻居家看，看了半天，她没有搭腔。她打开手机，似乎是在拍照。我说你小心，他好像精神有问题，这是他的私人空间，这样不好。我走近她，才发现她使用手机自带的照相机拉近了镜头，看邻居家客厅里的那架钢琴。她说："天哪，他是钢琴师，好钢琴！"

她回头坐在沙发上，我坐在她身边，她兴奋异常地打开那张照片，说："你看，那是一架高贵的钢琴，看这些字母——J.&J.HOPKINSON，你知道什么意思吗？"我默然摇摇头。我的心思全在她的身上，而她的心思却在别人家的钢琴上。这是我第一次近距离和她接触，看她手机里的照片，是几个不知道什么意思的字母。她散发着欣喜的体香，对我说："这架钢琴诞生于1835年的英国，是世界上最早的钢琴品牌，是全球数一数二的奢侈钢琴品牌，是高端钢琴鼻祖。这架钢琴音色优美，高中低音过渡流畅，是琴中极品！"

她说："你说他是一个拾荒者，是对他的羞辱，也是对一个音乐人的羞辱。"我很惭愧，我补充说："我亲眼见他每天都在垃圾箱翻捡，他不是拾荒者？"她说："他不是乞讨者，也不是被怜悯者。"我迎合道："哦，不是，不是，他当然有尊严。不说他了，我们还是说说我们自己吧！"她站起身来，说："我们？"她笑着说："我还要去'拾荒'呢，失陪了。"完了，完了，我失语地看着董琴向门口走去，我想挽留她，却说不出任何的挽留之词。我知道，我在对待邻居的事情上是有点卑鄙。

正此时，琴声响起。董琴停下已至门口的脚步，接着扭转即将出门的身子，兴奋地向客厅窗口优雅而来，正如登上舞台一般,她裙裾飞扬,在音乐声中,像迈开了舞步。

她好像浑然忘却了前一秒的不快,来到窗口。我看到董先生正坐在钢琴前,背对着我们,演奏的还是那首曲子,正是董琴所说的《古老的墓志铭》。琴声如流水行云,时而激越慷慨,时而悲愤难抑,似乎是对往事的追忆,或者是控诉!董琴突然依着我,泪流满面,灼热的头脸贴上了我的右颈窝。我失措地站在天井五米之外——正如藏在董先生的背后。隔着空谷,她沉浸在钢琴声中,我不得其要。

琴声在一阵激越之后,戛然而止。董琴从我的颈部抬起头来,迷茫地看着邻居家,似乎是在寻找刚刚消失的琴声。

我说:"这琴声是假的。"她惊讶地看着我,目光充满愤怒,似乎要以这目光扇我一个嘴巴。我怯怯说:"他是一个疯子,怎么弹琴?"她站起身来,目光忧伤而愤恨,真给了我一个响亮的耳光,温柔而有力,转身摔门而去。关门声如钢刀一般"嚓——"的一下,切断了我俩!金属门关上的声音更胜于那一记耳光,惊得我张口结舌。

等我幡然醒悟,跑出门,我见董琴站在电梯口,背对着我,肩头在剧烈颤抖。正好电梯上来,电梯颤抖了一下,停下,是上行的电梯,她却钻进去了。我呆呆站在电梯口,心中一片茫然。

正在此时,邻居家的门哗啦打开,董先生竟然也神情恍惚地站在门口,他的左手覆在右手上,似乎刚从琴键上取下来,还满满攥着两把音乐。他浑身战栗地看着我,胡髭凌乱,他猛然跑到电梯口，嘴里喊："别啊，我弹的是经典曲目，不是靡靡之音！不是——"

电梯停下了，门开了，我看见董琴不在里面。董先生进了电梯，电梯一颤，门关上，无声地下去了。我回头拉上自家的门，又疾步走回，按下电梯。大概是在董先生下去的同时，另一部电梯上来。我跨进电梯，来到楼顶，不见董琴；朝下看，也不见董琴。我惶恐难安，心撞击着胸肋，咚咚颤动。我打电话，她也不接。

俯身巴望着楼下，我看见董先生向迎恩里跑去，慌慌张张。我猛然发现董琴缓缓行走在他的前面，如在梦中一般。我惶恐地再乘电梯下楼，向迎恩里跑去。出了小区，听到迎恩里有人激烈争吵，到巷口，我看见一个人和清洁工扭打在一起，细看，是董先生！我跑过去，我看见他浑身沾满了垃圾，混浊的颜色染满了他洁白的衬衣，他浑然不顾这些，一次次扑向垃圾桶。那名强壮的清洁工一次次将他甩向一边，他被摔倒在地，爬起来，再次向垃圾桶跑过去，扑向垃圾桶内。前面几个垃圾桶都倒在路边，垃圾倾倒在地面，这肯定是董先生做的。我快速跑过去，那名清洁工正拉着他的后腿，将他从垃圾桶内拽出来，他用右手死死拽着垃圾桶。拉住清洁工的时候，我突然发现，他的左手除了拇指，只剩四个秃秃的肉瘤！他那没有四根指头的左手，在坚硬的水泥地上摩擦着，无助地抠着地面，他和垃圾桶一起被那名清洁工向后拽，艰涩地滑行。

我拽住清洁工喊:"松手——松手——"那名清洁工身体壮实,毫不理会我的呼唤,继续拽着他,同时用脚踢着他的后腿。

"停下——别伤害他——停下——他的手——"一个女人的声音。我仰起头,正是董琴。

董琴定然看见董先生那肉瘤般的秃手指了。

我一拳向那清洁工的后脑勺砸去,那名清洁工晃了一下,松开了手,又扑向我。我俯身将董先生拉起来的瞬间,被清洁工一脚踩倒在地,我的身体正好压在董先生的身上,我弓着身子,护着他说:"你别怕,我是你的邻居。"

"停下——停下——"董琴已经扑到了我们身边,她死死拽着清洁工的衣襟喊。

"不是靡靡之音——"董先生突然高喊。

这一声喊,清洁工松手起身了,我也被惊得从他身上爬起来。我拉他的手,正好是左手,已经血肉模糊,我抓着那团没有指头的血肉,将他拉起身。

"别怕,我是你的邻居,这是怎么啦?"我问。

"我找我的指头!他打我!"董先生的眼神飘忽,处于极端的惊惧当中,他花白的头发和苍白的脸颊上沾满了污秽;他用右手下意识地捂住流着血的左手。

"你的手指……"董琴问。

"他们剁了我的手指——不让我弹琴——刚才,一刀下去,我的四个指头……"董先生声音颤抖,用血淋淋的左手指着那个清洁工。

"精神病,谁剁你指头?你看看,你把垃圾箱都掀翻了,过几天就这样。人们还说他疯了,他一点也没病,就是成心欺负我这个清洁工——我的劳动也需要尊重……"那清洁工喘着气,极力辩解。

"别说他精神病!"我怒斥。

旁边有人用粤语说:"嘿呀,嘿呀,他是精神有点小小的问题的啦!"

我恍然大悟,小心翼翼地说:"董先生,你没事吧?好了,好了,走吧,咱们回家。"

"他们用砍刀剁了我的手指,扔进了垃圾桶,你看看——"他伸出血淋淋的左手,让我看。

我突然想起刚才董琴在楼上摔门的那一声,利斧剁下一般的声音。董琴站在一边,泪眼婆娑。她正在打电话,我走过去,轻柔地抚着她的肩头,她浑身颤抖着,我说:"没事,琴,没事,别怕!"

右手里的手机随她颤抖着,她说:"警察,这里有人被人打了,都流血了,快点,迎恩里和北京路交叉处!"

她走到董先生的身边,掏出一张湿巾,颤抖着擦拭董先生那只有拇指的左手,眼泪一串串掉下来,正落在那伤口上。

警察还没到来。旁边有人说:"他有病,好久没犯了,咋又犯了?"有人说:"肯定又受了什么刺激,否则是不会的。"

嚓——住所的金属门关闭的那一声响。

不到十分钟,来了两位警察,一老一少。他俩柔和地向清洁工询问了情况,此后又询问我和董先生的关系,再后来,年长一些的警察将我拉到一边说:"你是什么时候住到这里的?"我说:"不到一年。""你和他是什么关系?"我说是隔壁邻居。我转而愤怒地诘责老警察:"你们不盘问打人者,反而盘问起我了,什么意思?"老警察说:"莫急,莫急,难怪,你可能不知道,他的精神有问题,几十年了。谢谢你。这个女士你认识吗?"我说:"我朋友。"老警察说:"你们为什么要袭击清洁工?"我说:"是因为他袭击我的邻居,我正好碰上了,我才阻止他,他不听,我去拉他,他将我打倒在地上。"

警察教训清洁工袭击一个精神病患者是不应该的,袭击一个路人更不应该。接着,让我和清洁工陪同小警察将董先生送到医院。在医院,医生对他的左手伤口清洗包扎,费用四十元,由我和清洁工五五分担。清洁工不愿意,说自己没钱。正在我们争执不下的时候,董琴已经付了钱,此事算是了结了。

此后,两名警察将我和邻居送回楼上,当然还有董琴。警察将董先生送进房间,我和董琴也随同进去,才发现这房间格局和我的住所一模一样,干净整洁,客厅里除了一张饭桌和沙发,就是那架钢琴。董琴痴痴看着那架钢琴,转而看了我一眼,她的眼神无疑印证了此前她的发现。

警察使了眼色,似乎也看着那钢琴,又看着缩在卧室的董先生，对我说："你刚来这里，可能有所不知。当年，他可是欧洲有名的钢琴王子，仅次于傅聪啊，傅聪你知道吗？"我说："我不知道。"老警察笑了，接着说："不说傅聪了，这位董先生的父亲是十三行之后，广府有名的董老板，有钱有势，小时候就将他送到了维也纳学习钢琴。后来，他父亲在'文革'中进了监狱，他偷偷回国探望父亲，被抓了起来。在一场批斗会上，他左手的四个手指没了……十多年后他就一直在这一带拾荒，后来政策落实，他家的房子也被拆了，补偿了他一套房子，就是这一套，还补偿了他一笔钱，他就住这里了。他精神时好时坏，平时看不出来他有什么问题，就是受了刺激，才会犯病，我们对他很熟悉。"

我摸了摸我自己的手指头，手心有点微汗。我想起那脆厉的防盗门关闭声——嚓！

"自从他的手指头被剁，他就疯了。据说，他的女儿在意大利，曾经来看过他，但是他早就不认识她了。女儿给他买了一架世界著名的顶级钢琴，放置在家里，喏——"老警察向那台钢琴努了努嘴巴，接着说，"也雇了钟点工……但他一直记得他的手指头被扔进垃圾箱，所以他只要见着垃圾箱，就要倒腾，总是翻捡。"

我高声说："不是翻捡，是搜寻。"

两位警官用奇怪的眼神盯了我一眼，怯怯地说："是，是……"接着那位老警官说："他已经七十多岁了……"一老一少两名警官看了看我，走了，走前，老警官似乎还没讲完邻居的故事。

董琴走过去，坐在那架钢琴前，端坐良久，突然，抚了一把琴，那琴像突然惊醒了一般，伸长了胳膊腿，舒展了周身，又似乎呼叫了一声。

我回头，董先生已经站在卧室门口，继而轻轻走过来，坐在董琴的身边。

我也悄然出了门。

琴声响起，是那首《古代的墓志铭》，静水深流，如泣如诉。

这让我想起我和董琴在那场诗歌朗诵会上的相遇。董琴钢琴伴音，眼眸闪耀着倾慕的神色，她演奏着一首在当时我并不熟悉的曲子，我正在低沉地朗诵曾经的那首诗歌，目光痴迷地看着她，其中的两句是：

孤独的时刻突然明亮
美好和悲伤无可逆转

2021年10月13日于广州北京路
2022年7月18日修订于顺德陈村

热水壶

我租了一套房,在广州越秀区,建议我租房的是老博士,我爱人的主治医生。三天前,我和爱人闯进了这黏湿、稠密、温润的城里,如在梦中一般,我是第一次呼吸到这样的空气。我说如在梦中,是因为曾经的一句话,这句话是我爱人多年前骂我的,或者说,是我一直没忘记的一句话:我简直瞎了眼!我听到这句话的时候,像猛然被一股温热的气流撞得咽喉哽咽,就像这岭南的空气一样,生猛,直截了当。而今,这句话竟然应验了,说明我彼时被他说中了。

如果此时我要说"真是老天睁眼了"来回应那句话,那我可真不是什么好妻子,何况他当时也是说者无意吧。如果我此刻的话被我爱人看见,那我可真就无颜面对父老乡亲了。他们一定会说,看你就会舞文弄墨,过头的话不要说,会遭报应的。扯远了,他说"我简直瞎了眼"的时候,我们结婚已经五年了,那时候我就是懒一点。和我一样,我爱人也在学校当老师,严格地说,他不是老师,是教导主任;更严格地说,他不是正主任,是副主任。而他在所有言谈举止中已经断然删去了"副"字,俨然成了主任。不过事实证明,他很快就成了主任。彼时,他有点飘了,下午放学,只要他一声招呼,就有很多人陪他打乒乓球或者篮球;等他打完球回家,就像在学校会议室讲话一样,吆喝我,让我给他在餐桌上摆出三四个菜。荒唐,就你这个小小的还没芝麻粒儿大的官,在古代连九品都不到,想在我这儿显摆,何其荒唐,何其滑稽!我要治他这病。于是,我专门就熬点粥,弄点青菜,也不等他,和孩子先吃了再说。一开始,他见这粥,眉头就拧成了疙瘩,不声不响,似乎是谁的教案没写好,要给点脸色看。后来,我索性不做饭了,我从幼儿园接了孩子,有意不按时回家,在街上溜达,给孩子买点零食,等我回家收拾厨房,洗洗涮涮的时候,他热气腾腾地回来了。第一次见我居然没做饭,他说:"我简直瞎了眼!"我们开始吵架。我扔下孩子,丢下一句话出门了:"你小心遭报应!"

果然,他后来利用手中的权力,大吃回扣,太张狂了,遭同行举报,被告了,他下了狱。五年之后,他出来了,他说,他要去遥远的地方,做"人力资源"。你听听,他说得多么冠冕堂皇——"人力资源",难道不是贩卖劳动力,抽份儿赚钱?钱也是赚了点,只是层层剥皮,所剩无几。不管怎样,日子总是要过,钱赚得不多,加上我的工资,日子总是能过得去。我也反思过,当时我们各自的那句话都过了,再不说了,此后只要他回来，我总是给他炒四个菜，和孩子一起吃饭，孩子说："爸爸回来才有好菜吃。"好景不长，他的眼睛出了问题。一开始，他说眼睛里长了个什么东西，看东西影影绰绰，就像看立体电影没戴眼镜，有重影。我没在意，说怕是近视吧。后来那东西越长越大，真的开始影响视力，他这才告知我真相。我心想：你不是说你瞎了眼嘛，这不是兑现了？正好啊。但我嘴上却说："这多少年来，你好像没说过眼睛有什么问题啊，又不读书，会有什么问题？"他说："左眼里面长了东西，胀得很，我担心还真要瞎了。去医院眼科，好看歹看，各种眼药水都点了，不灵光，这叫'点眼不犯'（方言：反复点拨也不明白）。"他说，乒乓球是打不成了，只要打起来，满案子都是球，不知道接哪个好，空拍子乱挥，被人耻笑得不行了，说他就会摆花架子；眼睛却不疼，一点也不疼。去医院检查，医生说，是有个东西，去广州做手术吧。我每天下午炒四个菜，给他小酒喝，他很受用，只是有一次，我看见他端酒杯的时候，捏住了空气，食指和拇指之间什么也没有，酒杯在一边"茕茕孑立"。我看见他十分落寞地起身，无声地出门走了，很久很久才回来。我这才下决心遵从医嘱，陪他来到广州。我想，也不至于应验了那句话吧？

我们来到广州这家医院，挂号看病。老医生精瘦，很精神，说话也全是筋骨，没有一点赘肉。他说："叫我老博士就行；你们得在附近租个房，住宾馆太贵了，这病需要治疗一段时间。"房子是我从网上找的，离医院不远也不近，这都是老博士的意思，他说广州最不缺的就是包租婆，就像各种花儿，四处都是。下午三点多，我去看房，按照包租婆所给的位置找了半天，也没找到。最终，我打电话，她声称不远，却如远在虚空的羊蹄花海中指挥着我，兜兜转转，终于来到了寺右新马路一横路。

陌生的地方总觉得很遥远，一旦熟悉了，就觉得很近。包租婆指挥着我，慢慢靠近她。她说到了。我远远看去，这巷子如一条裂缝，缝隙里电线如蛛网，其间伸出来的晾衣竿垂挂着各色衣服，如同万国旗帜，密密麻麻，影影绰绰，宛若到了联合国大厦前。包租婆就站在那裂缝里向我招手。巷子外面阳光炽烈，巷内不透一丝阳光，像我的心情一般；走进巷子，两人并行刚好，单车过来，要侧身才安全。路面是老石板，油亮如玉，闪着黑光。见了包租婆，她带我进去，一楼，迎门一股臭味扑鼻而来。黑暗，有小窗，有暗光。开灯，是两室，月租三千五。我心想，应该不贵，广府老城区啊。打开卫生间，我惊呆了，地上积着一层厚厚的干粪便，一寸厚。我才知道这臭味缘何如此之浓烈，我皱眉，捂鼻，扭身出门。包租婆急忙跟出来，说："一楼都这样啦，泛水，冇法，现在修好啦。降点，降点啦，三千二。出了小区，干什么都方便，说真的，再没比这更便宜的啦！"我顿了一下，懒得四处奔波，说："行吧，租三个月。要找人打扫卫生啊！""都这么便宜啦，搞卫生，你自己找人吧，你自己住，卫生总要你自己满意才好。"包租婆说得也有道理。我说："扣五百保洁费。"包租婆说："哪有啊，三百够多啦！"我说:"好吧,不够我再找你。去哪儿找保洁?"她努了努下巴,前面是一个废品收购站。

我办完租房手续,去了废品收购站。一个年届花甲的老者在地上捆扎废纸箱,他穿着整洁,屋内其他地方也很干净,桌面的茶杯里沏着一杯浓茶。我打招呼,他很礼貌地问我什么事。我说,有一间房,需要打扫一下卫生。他让我先坐。椅子是干净的。我坐下。他掏出手机,找号码,我赶紧插一句话:"房间比较脏,有粪便。"那老者像自言自语:"有人干,搬运死尸都有人干,这算什么,只要给钱。"他随即拨打电话。我听不清他说的是何方方言,从他表情来看,像叫自家的兄弟一样,语气不快不慢,不惊不喜,总之,意思是叫人速来,有活干,有钱赚。很快,来了一个高大莽撞的汉子,开口就说:"在哪儿?四百。"他和我爱人身材差不多,又高又壮,说话的某种粗野也相似。我心想,要是我爱人没病,也像他一样,生龙活虎地在这儿做"人力资源",该多好。

那汉子说,去看看。我就带他去。他旋即看了一圈,也不打开卫生间,说:"按照我每天的工价,就是四百。"我说:"你要自己干吗?"他顿了一下,说:"反正打扫干净。"我说:"这点活,手快的女人一小时就搞定,就是清理地面和操作台,很轻松。"他最后不容置疑地说:"最少两百。"我看他这架势,像极了我爱人。我知道再没办法降下去,关键是他还没有看卫生间,我怕他看了卫生间会立即走人,或者再涨价,只好装作无奈地答应了要价，互相加了微信，以便此后联络付款。那汉子也不看看卫生间，就要走，临走之际，我怕他加钱，就说："卫生间比较脏，要整得干干净净。"那汉子转身去看卫生间，我担心：这下完了，他肯定要加钱，或者转身走人。我想好了，实在不行，再加一百都行，免得再折腾。谁知道那汉子看了一眼卫生间，什么话都没说。

次日一早，老公的活检结果出来了，老博士叫家属过去，他说了一个字："癌。"我的心眼被堵上了，慌了："什么？"问完，我又觉得自己并没有听错："怎么，眼睛也有癌？"老博士说："真的。得面对。"我说："那可咋办？"他说："两条路：一，回家去，好吃好喝，生老病死，人生无常；二，手术，要听我的，得丢一只眼。"

我蒙在那里，半晌无语。这正是应验了我爱人的那句话。罪过罪过，我再不能那样想。可是我想起来的就是那句话，那句话新鲜得像那卫生间的臭味，一直在我的嗅觉范围内，多远都在，没办法。正在此刻，那汉子发来视频通话。我本来是要掐断，慌乱之下，却点成接通，他说："好了，老板娘，你看。"我说："你发照片，现在忙，稍后回复你。"

"手术有风险吗？"我掐断视频，问医生。

"咋能没风险？要看他的命，想通了，看透了，反而没事；越是怕死，越有问题，主要是怕转移，知道吗？这儿——"他指着我的眼睛眶说，"左眼，转移右眼很容易，再往上是哪里？是大脑。知道吗？很近。"老博士毫不讳言，又说，"他性格咋样？能不能承当得住？"

"他是有脏腑（方言，有器量之意）的人。"我坚定地对老博士说。

说这话的时候，我像是在对我爱人说。我发现我居然罕见地表扬他了，这是我有生以来少有的几次之一。

我第一次表扬他，是在我们恋爱时。我表扬他乒乓球打得刚柔相济，行云流水，有策略，不莽撞，看起来享受，很男人。后来我们就恋爱了，尽管他是一个体育老师，但他手法灵活，不仅在运动方面。可是问题就出在了他手法太灵活了，这不，随后他就进去了。第二次表扬他，是他五年期满出来之后，他没有忏悔，没有发誓，只是说，自己想去遥远的地方，为我和孩子赚钱。我只说了一句："有脏腑的男人。"随后我给他斟了酒，亲自递给他一杯。他说："我没看错你。"这也是他罕见地首肯了我一次，我笑了笑，想说："你以为呢？你以为我白读了中文系啊？"可我没有说出口。我如果说出"相濡以沫"这四个字，他也不懂，也许半生拉熟地懂，他也不能深谙其理。

我对老博士说："我和他商量一下，再回复您。"

我出了医生办公室，想着老博士的话，想怎么对老公说。

那汉子的电话又来了："我在等你验收，老板娘，咋办？"

我说："稍等一会儿。"

"我还有事，老板娘。"那汉子有点不耐烦。

我打开照片，便池的周围以及房间的四角均有很多污迹，加之水迹连天，也没擦干净，那股臭味就从画面飘逸而出，我甚至闻到了那一股臭味。我说，你让保洁阿姨再收拾一下，包括地面四角、便池周围、洗手台和操作台。他倒也没有抱怨的话，只是答应再收拾。

老公正坐在医院一角的树荫下，悠闲地欣赏着岭南的鸟语花香。这家医院的环境堪称优美，就一个犄角旮旯，都能绣出花儿来，植上几竿竹、一丛天堂鸟，搞得悠然闲适、温馨无比。老公似乎很惬意，仿佛是在另外一个世界，不像在人间。我心想，这下好了，那句话，舌头嚼过了头，应验了。

"他怎么说的？不会瞎一只眼吧？"我爱人说这句话的时候，似乎满含歉意地微笑，为了十多年前的那句话，表情满含前所未有的温柔。我的心一下被化了，眼泪差点蹦出来。

"那老博士信不过我，非要你自己表态。小肿瘤，得做手术。"我坐在他身边，看着那肿胀的左眼皮，想要激激他，心想，就这么点小病总不至于要命吧？我不信："哪个医生不是夸大其词，把自己的风险降到最低？现在就看你的脏腑大小了。"

"切！头掉了也是个碗大的疤，就这点，我怕？笑话！"果然是我爱人，有脏腑！他满不在乎地说，"这么个手术，又不要命。"

我看着他，努出笑容，说："那当然。"我心想，你个傻汉子，你哪知道它会不会要你的小命啊！

"得花多少钱？"老公问。

我心想，这是钱的问题吗？傻老公。当然也是钱的问题，我已经想好了怎么筹钱。

我说："我也没问多少钱。钱不是问题，愁什么？"

"你说得轻松，钱不是问题，不知道又要让老子扛多少麻袋才能赚回来。"我爱人显然是愁钱。

"没事，就这么一丁点手术，能花多少？"我安慰他，"再说，我还是有点私房钱的，这点小钱算什么？"

"你还瞒着我存私房钱？"老公才露出笑脸，"说，到底有多少？"

"别逗了，不多不少，够你看病。"其实，我哪有什么私房钱啊，供房、供一个孩子上学，外加赡养四个老人，眼下我的账户上连三万块钱都没有，基本是月光。我说这大话，还不是为他宽心，让他轻装上阵嘛。

"多大点事儿啊，"我说，"走吧，医生还在等我们回复呢。"

老博士目光灼灼地看着我爱人，像在考验一个上阵前的战士："怕了？"

"这有什么好怕的？做！"老公说得很坚决。

老博士看了我一眼，知道我没有告诉他实情，便说："你太太说得没错，有脏腑，像个男人。那就签字，最后加一句：视手术情况，授权医生随机处理。"

我爱人抓过笔来，就要签。

老博士说："哪有自己签的？让你太太签。"

我接过笔，刚要签这有生以来最沉重的名字，那汉子又发来视频通话，正好触碰了我内心的犹豫不决，只好接起来。他说："好了，老板娘，你看看。"我停下笔，看视频，还是马马虎虎，我看得也马马虎虎，我无声地看，看了很久。他在那边问："咋样？满意吗？"我没有回答。我内心在想：这字签下去，我爱人就交给这手术刀了，真的不会有问题吧？那汉子将镜头对着屋内一圈一圈地拍，我什么话也没说，我眼前虽然是出租屋，但我看到的是血淋淋的手术刀在剜去我爱人的一只眼睛，我的内心是迟疑而难受的。显然，我是走神了。那汉子又在一边问："你看，哪里不行，我再收拾收拾，你说话啊！"我还是痴痴地盯着手机屏，像在看一个遥远的地方，在那里，我爱人闭着一只眼睛，苦苦地寻找什么东西，却觅而不得。老博士在一边咳嗽了一声，他是在提醒我，我终于缓过神来。我"哦"了一声，我爱人却忍不住了，凑过来，将头伸进我的怀里，他看着手机屏，一股温热的气息冲撞过来，令我有点尴尬，我急忙向后仰了仰身子。他看了一下说："好了，好了，就一个房间，干净了。"碍于老博士在现场，我不好发作，只好说："好吧，我很快就回来，你稍等一会儿。"我转头，突然想，这情景似乎在十年前就安排好了一样。我是有点慌乱，准确地说，十分慌乱，我居然忘了老博士要我签什么字，我疑惑地看了老博士一眼，他明白我的意思，说："我授权医生，视手术情况，随机处理。"我这才像学生听写课文一样，一字一顿，艰难地签下那几个字和我的名字。

老博士一边收拾文件，一边满不在乎地说："租好房了？"

我说是，他又问了价钱、位置，他说："差不多，不贵。比你住宾馆要划算很多。三天后手术，这两天你们转一转。出门向左拐不远就是广州西门旧址，两千年了；再向前走二十分钟就是北京路，还有南越王宫博物馆，也有公园。"

我让老公先回宾馆歇着，我赶过去验收房间。我进门一看，那汉子正蹲在地上抽烟，见我来了，急忙掐了烟，站起身。

房间的臭味淡了，烟味却弥漫如烟囱。我一看便池内外，还是不大干净，抱怨了两句，又看了看屋角，也是不太干净。我心想："你开玩笑，我是干什么的？当老师检查卫生，可是我的专长，随便用手指头一点，角角落落、门框上下，只要略有尘土，我都能让你无数次返工，这点小事想要瞒天过海，妄想！"我老大不高兴，皱了皱眉头，表情肯定是令学生害怕的；那汉子也被我的表情镇住了，惶然束手，站在一侧。我也许是本来心境就不好，开口就说："这哪里是专业保洁干的！连这么个活都干不好，怎么挣钱？看看，这儿，这儿——"

那汉子听了这话，脸涨红了，说："我都搞了好几遍，还不行啊？"

"你不是说叫保洁吗？怎么你自己干？"我又抱怨。

那汉子梗着脖子，想要反驳，却又艰难地咽下了诸多的话头。他可能见我是一个女士，不好争辩，便无声转身，抓起清洁球，趴在便池沿上，沾了水，开始又擦又洗，像绣花一样。很快便池四周透出白色的光点。他爬起来，说："这总行了吧？"说着，又拿着抹布，蹲在屋子四角擦起地板。

我心里想，他哪里是干这活的料啊？一看他就是北方的大男人，像我的爱人一样，肯定是不想让别人挣这钱，才自己干的。如此，我自责此前说话有点过分，如果自己的男人被别的女人如此驱使责怪，我岂能饶过？唉，可惜，他太敷衍。还是那句我们教育老本行的老话：给他好心，不能给好脸。

很快，但凡我不满意的地方都搞得干干净净，别的地方还是马马虎虎。我看他一个人高马大的汉子，想想我老公，就知道：除非迫不得已，否则一个大老爷们儿谁干这活？我说："好了，收钱吧。"我给他微信付了钱，他红着脸，低头收了款，只说："那我走了，老板娘。"

我独自心不在焉地擦拭着陌生家具上的灰尘，一面想着老公手术的事，不知不觉，累得要散架，终于撑不住了，躺在那张陈旧的木制沙发上。

许久，我挣扎着起来，出了门，在那小巷子里找到了一家杂货铺，买了床单和被子，以及一些能想到的日用品。路过废品收购站，对那位大叔道了谢。那大叔问卫生搞得咋样，我说马马虎虎。大叔笑了："他一个大男人，搞卫生肯定不如女人。他和我是老乡，他女人住院看病，花大钱啊，他也在附近租了房，三四个月了，找零活赚钱，捡纸皮、搬运、装卸、搞卫生……见啥活都干，只要能挣钱。你就多担待点吧。"

我才明白原来这汉子的处境和我一样，有过之而无不及。我问他女人什么病，大叔说乳腺癌晚期。我惊叹："那得花多少钱啊，靠他打零工行吗？"大叔说："人逼急了什么活不干？他最近在医院太平间和火化场之间搬运尸体，一趟一两个小时，能挣千把块钱。倒也挣了不少钱，但哪能扛得住流水一样的医疗费啊！他给我买了一包烟，让我给他介绍活干，唉，可怜人哪！"

我看见大叔失色的旧桌面上摆着一包还没有拆开的红塔山。我知道这烟就是不讲档次的男人抽的，也正是我爱人的另一个兜里装的，从来不给别人，自己偷偷抽的烟。

"那他爱人有救吗？手术做了吗？"我吃惊地问。

"有什么救啊？手术做了好多天了，正在放疗、化疗，难。"大叔平静地说。

大叔显然不想多说他了，转而问我租房干啥。我也随便说了几句我家的情况。大叔叹了一口气："得了大病，人都一样，没有区别。"

三天后，我们去医院做手术。老博士严肃地说："进了手术室，就不由你们了，可能要摘了眼球，话说前面，你们可是签过字的。"

"什么，剜了眼珠，那不成独眼龙了？不行！不行！"老公脸色都变了，站起身说，似乎他就要离开。

"怕了？回去吗？"我看着老公说。

他扭着脖子，被我这句话镇回去，又坐下了。

我眼巴巴地盯着老博士说："博士，尽力保住眼睛，行吗？"

"我肯定尽量保啦。我要打开眼睑，才能做出判断，好端端的，我摘了他眼球干什么？我和他又无冤无仇。"老博士的幽默惊醒了我爱人，"摘眼球，这是最坏的打算，年轻人。临危不惧才是真汉子，保命要紧还是眼睛要紧？你选择。"老博士用上了激将法。

其实，我懂，老博士还是有策略的，他事先没有声张，怕给患者增加负担，直到此刻说出来，对谁都好。

"我怕？怕什么！"我爱人显然是被老博士的话激起了勇气，他斜瞪着眼睛，微红着脸，梗着脖颈的样子和那汉子像极了，"我是担心，真没了眼睛，娃才上初中啊，博士，还有她……"

"只要活着，一切都不在话下，堂堂一个大男人，怕什么以后？以后还有另外一只眼啊，怕啥？"老博士说，"哪个人容易啊？我们乳腺科有个家属，也是个男人，女人乳腺癌，他为了给女人治疗，每天扛死尸，都三四个月了，全医院谁不知道？你有什么担心的，你要为家人着想。再说，我这'一把刀'你去打听打听，不会错，别怕！"

"好吧，做！我也管不了那么多，老博士，我同意。"我爱人终于下定了决心。

"这才像个男人。进手术室，轻松点。"老博士拍了拍我爱人的肩膀说，"有这一副身板，没什么好怕的。"

老博士招呼护士，带着我爱人进了手术室，我眼巴巴等他回头看我一眼，他连个转身也没给我，这个遭天杀的。不过，我可从来没说过他说我的那句话。我此刻祈愿的是与那句话相反的结果。人有时候就是这样，明明前面是一个虚无的幻象，却宁可信其有，甚至执拗地坚信。

手术室的门，像另一道意味深长的门，关上了。

我徘徊良久，双眼模糊，侧身面对寡白寡白的墙壁，久久回不过神来。突然，有人轻轻拍了拍我的胳膊。我转身，是那位带我爱人进去的护士，她出来了。她说："不用担心，老博士说话就是直来直去，他可有意思了，全国眼科的一把刀，国内眼科手术第一把交椅。交给他，您放心。去外面转一圈，别待这儿了，最短也得一个小时。"

我下楼，来到老公时常抽烟的那温馨一隅，一旁的羊蹄花开得热热闹闹，没心没肺。树下是一摊落花，鲜艳无比，没有凋零的意思，像被人刚刚摘下来，摆置在地上。如果遇上林黛玉，这些花可就受宠了，而此刻我是如此讨厌这些落花。

落花成阵的这一隅有三张椅子，一张椅子上坐着两个沉默的人，一男一女。我没在意，在一侧独自坐下来，低头盯着落花，目光难以拔出来。

"哎，这不是老板娘嘛，你咋来这儿了？"一个半熟半生的声音从满地落花中蹿入了我的耳膜。

我扭头一看，是那汉子。

"我陪我爱人看病。"我清淡地回答。

他身边坐着一位面色枯黄的女士，那一定是他的太太，瘦骨嶙峋，剃得精光的头上戴着一顶单檐帽，眼神暗淡。想起废品收购站大叔的话，再看那女人扁平的胸，我就知道，这就是他爱人，是全切了。我的心里被剜了一刀。

羊蹄花落在她脚下，鲜艳如初，我想着她那对曾经饱满的乳房怎样像落花一样被切除。那女人愣愣地看着地上的落花，一直没有抬头，没有看我一眼。

"你爱人啥病？咋样了？"那汉子贸然地问。

"眼癌。正在手术中。"我轻描淡写地说，"她咋样了？"

"眼癌，天哪！还有眼癌？"那汉子吃惊地说，又扭头看了一眼妻子，他妻子像什么也没有听到，默然无声。他说："我家的乳腺手术，全切，除掉了病根……"

他一边说，一边看着自己老婆的头脸，眼神充满无尽的柔情。要是他爱人没病，此时此地，他怎么着也有宝玉的至少五分之一的柔情吧。

我抱起双臂，感觉了一下自己尚且圆润且饱满的乳房，心想，我的还在，多好。

我的眼泪却涌出来。我的眼前是一片虚幻的殷红。我扭转头，不再说话，不再看他们。他也不再说话。该说的话几乎全部说完了，不该说的哪怕有千言万语，也不能再说一个字了。

我默默坐了一会儿，心里想象着这个汉子怎样抱着一具又一具的死尸，从太平间到转运车，再从转运车到火化场的停尸房。我想到了我老公，他要是死了……我不敢想下去，转身上楼。他在后面说："老板娘，有啥事微信叫我。"

"好……忙你的。"我面无表情地说。

我在手术室门外等待。一小时过去了，不见动静。两小时过去了，还不见动静。我慌乱不堪。

一台活动床被推过来，上面是一堆白色的床单，床单下是一个人形，头脸都被苫住了，上面是寡白的被单。死了，肯定死了。推车的人戴着白色的手套，穿着白色的大褂，戴着白色的口罩，身材高大，走路的样子晃来晃去，像极了一个人，路过的时候，他看了我一眼，我敢确定那眼神，他就是保洁汉子。

两小时四十分，我老公终于从手术室歪歪斜斜地走出来了。他居然走出来了！他的左眼被白色的纱布包扎住了，头是扁的，身体也是斜的，像失去了平衡，略带左右摇晃，他极力控制着身子。

"好汉一条！不上推车，非要自己走。"老博士在后面跟着说，他身后还有两个助手，一男一女，空挎着手。

"没事，老婆。"我老公说，"摘了。摘了就摘了。"

我赶紧扶着他，紧紧抱住他的胳膊，似乎他的胳膊上被剜了一块肉。我可从没在大庭广众之下挽过他的手臂，有什么意思？我爱人说，不用扶，这点伤算什么。我还是坚定地扶着他。走进病房，他跌倒在床上的瞬间，却差点坐空了，好在挂在床沿上。

次日，我爱人对老博士说，他想回出租屋，不想住院了。

"准，带上药，回去按时吃药就行。每天过来一趟。"老博士的安顿像我家公爹。

我取药回来，我爱人已经收拾好了东西，摇摇摆摆地走，他说自己还是晕，走不稳。我上前扶着他，进了电梯。

我俩摇摇晃晃来到院内，准备去打车。此时，一个身影蹿过来，在我们身后喊："老板娘，咋样？"

我一看，正是那汉子，他已经大步流星冲上前，有力地搀住了我老公的胳膊。

"摘了左眼球，手术没问题。"我说。

"要回出租屋吗？"他问。

我说是。他说："我拉回去，不远，很快，不用打车，死贵，还绕一圈。"

"你有车吗？"我问他。

"有，废品站大叔的三轮车。就在医院门外。"他说："来，我背着。"

说着，那汉子蹲下身就要背我爱人。

我爱人还在迟疑。我也迟疑了一下，本来想拒绝，毕竟他是背死尸的人，我忌讳，但我自己又背不动他，于是说："老公，让他背吧，他是给我们打扫过卫生的，也是乡下人。我给他钱。"

我爱人偏着头说："多少钱？"

"给钱？给钱你自己背！"那汉子瞪了我一眼。

此刻，我爱人走路不小心，加上独眼，没看清路面，一个趔趄，差点摔倒，幸亏那汉子手臂有力，及时撑住了。

那汉子说："来，小心一点。"他小心翼翼地架起我爱人，又让他站稳，躬身蹲在我爱人身前，双手向后，抱住我爱人的两条大腿，两个汉子的身子叠在一起，像一个庞然大物，晃悠悠地走向医院大门。我跟在他们身后，紧追慢赶。汉子走得快。到医院大门外，他轻轻放下我爱人，显得特别谨慎，他略略喘气，说："稍等一会儿，我取车去。"

我和爱人站在车水马龙的路边。很快，他蹬着三轮车来了。他二话不说，将我爱人扶上车，让我也上去。我不上，他说："你上去，扶着病人。"

我只好上了车。他蹬着车，平稳地前行，我看到他后背褪色的衣服渗透了汗，那汗渍越来越大，像一朵盛开的墨牡丹。我爱人的额头也渗出了汗。我掏出纸巾，给他擦汗。汉子不时扭头看一眼我俩，再从兜里掏出小毛巾，擦一把汗。

他对这一带已然了如指掌，蹬着车，七拐八拐，到了出租屋门口。"咔嗒！"他快捷平稳地停好板车，刹了车，扶着我爱人下车，又背起来。我在前面急忙开门，进屋，他小心地将我爱人放在床上，然后喘着气，告辞。

"这……也没有热水壶，连一口水都没得喝。"我急忙说，"等会儿，我买瓶水去。"他撑开大手掌，说："不用，你照顾好病人。我要赶回去看看，我老婆正在化疗。"

他晃着巨大的身子走了。我随即给他微信转了五十块钱。他没有收，或许没工夫看手机。我说，大哥，辛苦了。他也没回复一个字。

我们每天前往医院清洗伤口、检查，很少再见到那汉子。有一次，我在那个角落遇到了他，只有他一个人，头发长了，胡须也长了，消瘦了很多，邋邋遢遢坐在椅子上，一口接一口地抽烟。我问："咋样？"他扫了我一眼，无声摇摇头。

"怎么办？"我又问。

他说："只能走一步看一步了。"

"不如早点回家吧。"我小心翼翼地说。

"两三千里路，她这样子，怎么回？要是中途有个三长两短，咋整？"他似乎是在自语，"租车租不起，医院的钱还欠着很多……在这里，还有一点希望；要是回去，就是办丧事了。村里……给家里咋交代……"

我无语。我大概明白他的意思了。

半个月后，我老公的眼睛拆了线，看上去特别奇怪，右眼醒着，左眼沉睡。从左边看过去，他完全是一个陌生人，甚至有点令人恐惧。

老博士说:"年轻人,还要做个活检,确定一下。"

等到次日,活检结果出来了,又是不好的消息,眼眶内还有残留,老博士指着片子上面的一个微小的黑点说:"还有这一点点,怎么还有……不行,还得做一次手术。"

老公终于忍无可忍,发作了。他圆睁着右眼,闭着左眼,对老博士大喊大叫,质问、质疑。老博士看着他的左眼,又看着他的右眼,最后垂下头,盯着片子看,似乎要把那小黑点看没了。老博士任由我爱人不停地说,不停地嚷,一句话也不争辩。等他发作完了,老博士说:"我可以让你出院回家,我只是担心那残留的东西什么时候会发作,我不放心。如果能再做一次,将那脏东西刮干净,我就彻底放心了。我敢打包票,一辈子都不复发,永远不复发。"

我老公终于沉默了。最终,他同意再做一次手术:"头也磕下了,揖还作不下?做吧!"

我欣赏地看了我爱人一眼。

老博士说:"另外,到时候看,要不要装个义眼?"

老公问:"得多少钱?"其实我们讨论过这个问题,老公说过,他早就不顾脸面了。如果这话放在他安好无虞的时候,我一定会贬斥他一顿,而今,我只好一声叹息作罢。

老博士挖了一根指头说:"你这情况,需要一万左右。"

我爱人坚定地说:"不要,不要,聋子的耳朵,瞎子的眼睛，都是样子货，没钱装那摆设。"

我俩默默走回出租屋，一路无言。

进门不久，大叔意外地敲响了出租屋门。他说："他们走了，让我带个东西给你们。"

他随即递上一个热水壶，外面的白铁闪着灼灼冷光，擦得无一点垢迹，连同底座和电线都擦得干干净净。

"他爱人呢？"我问大叔。

大叔说："走了，火化了。他抱着骨灰盒回了。"

我顿时蒙了：这汉子尽管有浑身的力气，可怎样抱得动那沉重的骨灰盒啊！千里迢迢，回家的路该是多么遥远而艰难啊！

我老公上前接过热水壶，摸了又摸，转而去接水，烧水。

热水壶胆内发出丝丝缕缕的声响，像一条长长的线，拉开了，拉开了，拉开了距离，断了；接着又像有人唱着一首哀婉的挽歌，如泣如诉，只是过于伤悲，诉说的话不甚明了，悲悲切切，皆是过往无可挽回的美好。终于，水烧开了，像那汉子独自在叨咕，一再叨咕："你走了，我可咋办？我一个人这样活着有什么意义！连一个全尸都没有给你留下……我抱着你，现在不痛了吧？不痛就好，咱们回家……这下好了，回家你肯定是高兴的吧……"

那热水壶含泪絮絮叨叨个没完的时候，突然息下来。

我抬头，原来我爱人将热水壶端了下来。

大叔已然从门口消失，像从未出现过。

爱人给我倒水。水从壶嘴里流出来，在杯口外侧缓缓地流淌，像一缕偷偷滑落在脸颊一侧的泪水，溅在干净的地砖上，似有若无。

　　难以斟满的水杯。我别过头。

　　老公倒好了水，无声端来，我接在手中，喝了一小口，烫得眼泪差点溅出来。

2022年12月1日一稿

2023年3月18日二稿

旧日燃烧的火车

一

人流引浆，缓缓前挪，有如一条臃肿而执着的蚕，蚕头触到前面那个机器，掉了，长出另一个新的蚕头，继续前触。这一排，最前面是一个瘦弱的男人，后面是一个苗条的女子，女子的身后是我，我后面拖着二三十号男男女女，构成了一节蚕身。前面的瘦男人在售票机前停了大概五分钟，还黏着。那女子左偏着头，我的头偏在女子的头外，都盯着那售票机。那男人将那网页打开，又返回，打开，又返回。我实在等不住了，心里抱怨着这个磨叽的人，我后面的更多的人也一样左右偏着头，我敢肯定此时的队列像个"丫"字，正如蚕身上的触刺。我略略往前倾了一下身子，几乎是挨上了那女人的肩颈，问："咋回事？他要去哪里？"那女子的香水是茉莉香型，这让我焦躁的情绪略微舒缓。售票机前的瘦男人已经折腾了好长时间了，他知道我问的就是他,他回答道:"森城。"我迅速扫了一眼他打开的网页,问:"森城?"他没有回头:"嗯。""森城?"我自言自语重复,心想:没有听说过什么森城啊。"哪个省的?""广东的。""广东哪有森城?"那女子插话。

那女人略扭转了一下脖子,我俩对视了一下。她长得很美。

我随声附和:"哪有个森城?"

那女子侧身伸出手指,帮他点开广东的页面,上面显示出了所有站点的名称,大概不下三十个,像一条北斗星群,上面爬满了地名。那女子指着站点说:"这是广州南,深圳北……"

"对!"那男的说,他指着深圳北说。

"这是深圳!"那女子说,"怎么是森城?"

那男子再也不说什么,默默买票,似乎做好了让人埋怨的准备,头也不回,走了。

"我也去深圳。"那女子略略回头说,似乎是对我说。我回应:"我也是深圳。"

那女子站在了售票机前面,熟练地点开站点,点开深圳,深圳的票没有了。那女子说:"那就买到虎门。"我附和:"可以,就十几分钟嘛。"

"那我给你也买上?"那女子说。

"好啊,谢谢!人多,节约时间。"我欣然回答。这女子倒真有意思,这么大方,对人一点也不设防。我说:"我回头给你钱。"我递上了身份证，那女子接着，说："没关系。"

我们买上票，正好是三十九块五毛，我说："上车我们再补上虎门到深圳的票。"

那女子很快买好了票，把我的票递过来，很自然地说："好。"

我们应该走在一起。我想，她用她的钱给一个陌生人买了票，这个人应该和她在一起，这是起码的信任。离开车还有一个小时，我们并肩走在一起，穿过纷乱的人群，找到了我们的检票口。她指着一排空座位，我俩过去，坐在一起，左右无人。

清洁的地板上布满反射下来的光点，排列得整整齐齐，有序而安静。

我说："你家在哪里？"

"郴州。"她回答很干脆，然后看着我说，"听你的口音，应该是北方人。"

"是。"我看着她的眼睛说。

她的眼睛长得很美丽，双眼皮透亮，精致得如同工艺品，似乎一触即破一般；眼睛因为一弯略带忧郁的眉毛，显得清澈无比。

"北方哪里？"

"你猜。"我这样说不是故意出难题，是想要和她多说几句话，看得出她对这个世界是不设防的。

"应该是黄河以北的。"她说，"像兰州人。"

"啊？你猜得真准，你咋知道的？"没想到她居然一下就猜中了。

"我熟悉兰州。"她的语气夹杂着回忆的味道，没有猜中的激动。

她居然熟悉兰州，这是我万万没有想到的。

"1988年，兰州到广州的一列火车着火了，那时候，我正上高三。那火车就在离我家不远处着的火——"她并没有沉浸在对往事的回忆当中，只是说明她熟悉兰州的缘由。

"你经历过那场大火？"我的眼睛突然亮起来，我吃惊，坐在我身边的人居然正是那场大火的目击者。

"当时，我正好放学经过。那场大火烧死了很多人！还有很多人的钱也被烧了。你也知道那场大火？"那女子看着我的眼神，有点吃惊。

"我听说过，那时候，我也正上高三。"我装作镇静。

"那时候银行不像现在，还不能打款，好多做生意的人都把现金装在皮箱里，也有人扎在腰里，或者藏在身上的隐私部位。火车着火后，有人先把皮箱扔出去，自己却出不来了；有的人从车窗里跳出来，摔断了胳膊或腿；有一个老太太，她被人从车窗推下来，摔伤了腰，正好和我妈住在同一家医院的同一个病房……"

正在此时，车站播音："乘坐2011次列车的乘客请注意，现在开始检票……"

人群很快形成了队列，我们也站起身来，走入了密密麻麻的队列当中。我俩站在那长长的队列中，安静地靠近检票口，再没有聊此前火车着火的话题。我却沉浸其中，无法从那场大火中走出来。就在那场大火中，我大姐没了。那一年，她正是从兰州出发，去广州进货的。

二

大姐从兰州通用机械厂辞职的时候，并非她眼光独到，看到了市场经济的前景，而是迫于无奈。那时候，兰通厂已经发不起她每月九十八块钱的工资了，只有每月的洗衣粉、手套、口罩等这些所谓的劳保用品。大姐正值二十二岁的青春年华，有个朋友正好开了一家服装店，请她去帮忙，每月开一百五十块！这当然不错，但是，大姐的大胆想法在家里立刻受到我爸妈的坚决反对。我爸是刚刚退下来的兰通厂一分厂的书记，他对大姐的辞职简直带有革命色彩的反对："你要辞职了，将来就是流浪人，无业流民，江湖儿女！你去哪里找对象？连个正经工作都没有，谁敢找你？身份啊，身份太重要了！哪怕等你结婚了，你再辞职，我绝对不管！"我妈当然更加坚定，虽然她是一个清洁工，每天就在厂区的院子里浪荡，但是，她有身份——她是一名自豪的央企员工，没有了这个身份，她似乎是无法活下去的。在此背景下，大姐和我商量对策，我坚决支持，大姐认为我是高中生，是有文化、有见识的人，等我说完了我的观点，大姐大为赞赏："还是我弟弟厉害，到底是有文化的人！"我说："大姐，现在深圳被设立为经济特区，在这个地方，市场已经彻底开放，辞职，你可以做生意，自己为自己赚钱！何必给别人去打工？什么国企、央企，那都不是你自己的！"

我至今后悔，在这个家里，我的支持和声援成为大姐辞职的唯一后盾，等到父母知情后，她已经走出厂门三个月了！大姐先是在兰州西站一个朋友的服装店打工，美其名曰帮忙。这只是一个体面的说法而已，免得叫人笑话为私人打工。这在当时是很丢人的。大姐在别人店里干了三个月，接着机会来了，由于老板生意忙不开，让她跟着别人去广州进货，一趟货进回来，大姐彻底变了，她悄悄对我说："弟啊，姐要单干啦！"她掏出一件给我带的圆襟衬衣，而且上面的图案是花色的，还有很多的英文字母，仅仅是那些英文字母已经让同学们大为羡慕，而且是圆襟的，这在当时的兰州是绝无仅有的，只有在录像室的港片中才能看到。同学们羡慕不已，我趁机吹嘘，这是我大姐在香港买的，每件八十块！同学当中有一个干部子弟死缠烂磨，非要这件衬衣，掏了一百块钱不说，还请我吃了一顿烧烤，喝了一顿黄河啤酒。我立即将这个情况汇报给大姐，大姐大为高兴，要我猜这衣服是多少钱进的，我想至少也得二十块吧！大姐笑眯了眼，对着我的耳朵说："十二块！下次，姐就为自己进货，给你带更多的好衣服！"我的天哪！我从此成了我大姐的模特，我大姐也就在此后不久，辞了朋友服装店帮忙的活计，东筹西借，凑了三千块钱，做自己的生意，独自跑了一趟广州。大姐大概跑了四五趟广州之后，就自诩为万元户了，给家里添置了一台十四英寸的彩电。就在那个夏天，我考上了大学，大姐一次给了我五百块钱作为奖励！那是多富有的家庭的孩子才能够拥有的财富！加上我在紧张的高考复习阶段也没有忘记那些爱美之心正在复苏的同学们的愿望，收取他们的定金，为他们额外走后门买服装。毕业之际，我们班的同学们已经都穿上了我大姐从广州发来的花花绿绿的时尚衬衣，合了一张至今看起来也不俗的合影：男生穿着圆襟花衬衣、斜跨着穿有喇叭裤的长腿，女生穿着蝙蝠衫牛仔裤、斜肩靠着男生，整个一幅花花世界的幸福合影。

我去了哈尔滨上大学。大姐继续着她南下北上的生意。就在这一年冬天的一个早上，我记得清清楚楚，哈尔滨完全被白雪覆盖了，厚厚的积雪时下时断，已经一周了。周二的早上，收发室的老头专门跑到我的教室里，将一份电报递给我：你大姐出事，速归！我当即傻了。

赶回家需要五天。五天后，我回到兰州，见到的是一座墓碑，上面贴着大姐花容月貌的照片，刻着：爱女白馨兰之墓。

我那时才知道，大姐正遭遇了那场火车上的大火。我爸带我哥到了郴州，和所有的家属一样，抱着焦黑的尸体恸哭一番之后，按照整体安排，在当地火化，抱着骨灰盒回到了兰州。据说，当时有十几具尸体无人认领，当地只好临时将骨灰安放在了当地的殡仪馆。事故自然由铁路局负责。

　　我悲伤恸哭了几天,返校的前一天,一个同学找到了我,他说有个人想见我,我问是谁,他不说。我说:"我不想见任何人。"他说:"这人和你大姐有关,你必须要见他。"我们约在一家小酒馆见面,路上,同学吞吞吐吐地说:"这个人是你大姐的对象。"我当时想,也许通过他还能了解更多关于我大姐的信息,而这一切是完全不为我其他家人所知的事情。大姐是在父亲的严管教育下长大的,处了对象,没有十足的把握,她是不会告诉家人的。小酒馆在较为偏僻的敦煌路的小巷子里,正如他们俩的关系一样,黄昏的时候走进去,感觉走到了遥远的另外一个昏暗的世界。小酒馆昏昏暗暗,却未显逼仄,播放着流行的凯丽金的萨克斯曲《回家》,充斥着久远的爱情的味道。我知道,这味道里一定还残留着我大姐和即将见面的这个男人在一起的诸多气息,也许他们常常在这里约会,喝酒,吃饭,聊天,也许他们就是在这里第一次偷偷地接吻——就在那最深处,还有大姐矜持的笑声和羞涩的体香。酒馆深处挂着一盏昏暗的吊灯,这是一个角落,是不为多数人所关注,却又为多数人所羡慕的地方。我进去的时候,他一个人就坐在那深处,端着酒杯正要喝下去,却又停住了,见了我们,他将那杯酒洒在了地上,那酒水在暗淡的灯光下像一串断了线的水晶项链,叮叮咚咚散落在地上,神奇地消失了。前面摆着一盘花生、一盘下酒菜,见我走近,他放下酒杯,睁着明突突的一双灯盏一样的眼睛,看着我，然后抱住我，失声痛哭。我莫名其妙，被他抱着哭了半天，最终被我同学拉开了。他唏嘘几声之后，给我倒了一杯酒，也给我同学倒了一杯酒，自己端起了酒杯，倒进了喉咙，又点了烟，给我递过来，我本来不会抽烟，却还是接住了。我这才看清，他双眼通红，眼角布满血丝，形容憔悴枯槁，虽然年轻，却显得未老先衰。同学说，他是大姐的对象五哥。在他断断续续的诉说中，我才知道，他叫武力荣，在大姐服装店的辖区工商所上班，他也是鼓励大姐开店的人之一，他的后悔和我当初一样，如果我俩不支持大姐开店，也许就没有这场悲剧发生，大姐也许还在嘻嘻哈哈地指点着我，教我怎么和女生相处，教我怎么穿着打扮呢！当然，如果没有他的支持，他也不会成为我大姐的对象，更不会有今日的忧伤。

大姐的生命就这样突然消失了，对我来说，太过突然，太过悲伤。我像武力荣一样，端起了酒杯，点上了烟，听他说，然后他开始哭。

哭够了，武力荣说，是他和大姐一起去的广州，是他陪大姐去进货的。这句话像一根救命稻草，我紧紧抓住不放。

在武力荣断断续续的讲述中我才知道，大姐在火车上发生的那一幕是何等凄惨！火车在郴州站即将进站的时候，突然，在他俩所在火车车厢接头处，发出了一声猛烈的爆响，"砰！"谁都听见了，等他们回头看的时候，红色的火球从车厢接头那段滚过来，几乎来不及反应，有人喊："跳车！"因为快到车站了,尽管天气很冷,当时,很多人正抬起旧式火车的窗户,看外面的景致。大姐回头一看,急忙将坐在窗户边的武力荣拉起,喊:"跳!"武力荣正要说让大姐先跳的话,大姐目光疾厉地盯着他,他没来得及反应,就被大姐推出了窗口。接着,大姐将皮箱扔出了窗外,他躺在地上喊:"快跳啊,馨兰——"而她却没有跳下来,接着跳下来的是一个老太太。接着,车窗里浓密的黑烟夹杂着红色的焰火,喷涌而出。武力荣痛哭流涕地说:"她的那一头秀发都烧得没有了!"武力荣昏死过去,等他醒来,整个火车已经停在远处,黑烟还在不断往外冒,人影幢幢,仿佛阴曹地府一般。

　　他身边躺着很多人,有人试图将他抬起来,他其实没有大碍,他歪歪斜斜被人搀扶着站起来,向火车方向扑去,在浓烟还在飘荡的车厢外,他很快找到了大姐。大姐的衣服几乎被烧完了,一双修长的腿优美地蜷缩着,也许是因为疼痛难忍而蜷缩着。她的美丽的脸庞一点也没有被伤害,我知道大姐多么爱自己啊!就因为她那张美丽的脸庞,她被厂里的年轻人称为白牡丹,她还没有把自己最美的容颜向世人展示够呢!她不甘心就这样死去,她要等她伤好了,依旧美丽地行走在兰州的街头,依旧坐着这趟开向最前沿地带的火车,去实现她的美好梦想。现场有人让他写下了死者的信息,包括家庭住址、家里的联系方式、联系人等。写完了那张纸,武力荣脱下上衣,盖住大姐的身子,他趴在大姐的身上哭得死去活来。哭着哭着,他突然捡起身边的一块冰冷的石头，向自己的额头狠狠地砸去，接着，他又昏过去了。他想就此随着大姐去死，但没有死成。他被抬进了医院。不知道他醒来的时候是第几天，他已经躺在兰州陆军总院的病床上，他是被一趟专列直接送到了兰州的。

武力荣说，他不是男人，他没有在那一刻先把大姐给送出窗外，而是被大姐推出了窗外！我没有说话，心里憎恨这个没有出息的男人，如果有可能，他去死才是最正确的选择！他说他没脸见我们家的任何一个人，那个皮箱他也丢了，他连女朋友交给他的最后的任务也没有完成。他突然掏出一沓钱，说："这是你大姐让我保管的钱，她怕一个人带着不安全，两人分开带着。总共是一万块钱，她在身上带了一半，我在身上带了一半。这是我带的。"

同学问："那她身上的五千呢？"武力荣说，他见到大姐尸体的时候，她的身上几乎没有任何东西，他知道那钱她是装在内裤腰部的。由此，我知道，武力荣和大姐绝非一般的对象，他就是我的大姐夫。

三

我随着那位女人在人流中晃动。她给我买了票，给我讲了故事，我此时像梦游一样，跟着她上了火车。

我将自己的手提包交给了她，要了她的身份证和车票去补票,她叫石小梅。每人三十六块五毛。办完手续回来,我给她找差价,她死活不肯:"没意思,几块钱。"我没有勉强,我知道她这样的人是罕见的。但我还是给她买了一瓶饮料,以此作为补偿。

而我的脑海里翻动着她在上车前给我讲的那次事故。

我问她:"那场火车上的火灾究竟是怎么发生的呢?"

"据说是一个人提着一桶香蕉水,在车厢接头处抽烟,扔了烟蒂,也许是别人扔的,点燃了香蕉水,车厢接头处风大,很快燃爆。"那女士说。

这是符合情理的,假如那桶香蕉水有些微的泄漏,哪怕碰到再小的火花,都会被点燃。随即,那桶香蕉水就会爆炸,这才发生了武力荣在二十七年前描述的画面,"砰——"一声巨响,所有的人都听到了;接着一个火球滚进来,幸好他们坐在这节车厢的另一端,大姐有时间将他推出窗外。

"后来听说,那个带香蕉水的人并没有死,他被炸到了后一节车厢,而他亲眼看到这节火车上死了那么多的人。据说,他随后准备自杀,还留了一封遗书!"那女士说。

"你不是说,和你妈妈住在一个病房的老太太也是从那趟火车上跳下来的吗?"我不放过每一个细节,穷追不舍。

"就是,她其实是被一个漂亮的女孩救下来的,老太太就和我妈妈住在一起。"那女士说,"你怎么这么关心这场火灾呢?"

她张开美丽的眼睛问我，我说："我只是好奇。因为我有一个亲人，也……也在这趟火车上。"

"你亲戚，你什么亲戚？"她惊诧地看着我说。

"我大姐。她才二十二岁，长得漂亮极了。"我说，又补充道，"和你一样漂亮。"

"谢谢。"石小梅的脸上浮出微红，"她叫什么名字？"

"她叫白馨兰。"

正在此时，列车播音："旅客朋友们，深圳站到了，感谢您乘坐本次列车……"

听到我大姐的名字后，她急忙低头无所谓地拿着手机玩微信，一边说："到站了，你把你的微信给我，或许我们在深圳还有机会见面。"

我告诉了她我的微信号。当时我就添加了她，她的微信名叫梅儿。

人们纷纷站起来，有序下车，重新组合队列，缓缓下了电梯，出站。我跟在石小梅的身后，很快，我们被麻花辫一样的人流分开了。我没有刻意去追她。旅途匆匆，都是过客。

但是，我还是在想，石小梅可能知道我大姐的其他信息，我还有一些问题没有问完，我还想听她讲关于那列火车的任何细节，哪怕和我大姐无关。我特别注意到她还问了我大姐的名字，那一瞬间，她的眼神似乎颤动了一下。她想说什么，只是时间仓促，没说出来。

当天晚上，我坐在深圳湾海边的一把椅子上，还是想着那场火灾，想我大姐。如果她活着，此时此刻，我们肯定一起坐在深圳湾的椅子上，听海涛阵阵，听她讲她的故事，讲她下海创业经历的一切。也许，她早就定居广州或者深圳了，像她这样美丽而聪明的女子，是不甘于待在西北的。

我看着大海想着那趟火车上的大火，想起遇到的石小梅，还有没有讲完的火灾以及现场。我打开微信，梅儿发来一个微笑的表情，我寄希望通过微信，再听听她对于那场大火的描述。我回复："石女士，今天见到你真是奇迹，我希望知道更多关于我大姐遭遇的那场灾难的事，你再给我讲讲，可以吗？"

她没有回复。

我坐在海风中，看着海那边香港的群山和楼群在暮色中渐渐隐去，我满心想念我亲爱的大姐，这个在曾经拥有上万人的大厂里被称为白牡丹的人：她娇美的脸庞，如同雕刻家精雕细刻出来的眼睛和精致的鼻子，以及时常带着微笑的嘴唇。直到夜色深沉，灯火阑珊，我才回家。

回到家，我翻出自己早年的一本日记，打开其中的某一页，有这样一段话：

我又回到了学校，大姐，你知道吗？弟弟想你想得痛彻心扉，心里流血！你是一枝还没有绽放的花朵，却被埋葬了，弟弟不甘心啊！我见到他了，你爱他,他也爱你!你是为了救他,才耽误了自己求生的机会,我知道了,他说了一切,他还给了我五千块钱,说是你的货款,是这样吗?我没有责怪他。你肯定担心我责怪他,对吗?我不会,你爱他,我是不会伤害他的。大姐,你放心,我有机会就回去看他,只要能帮着他,我会尽全力的。你的心思我知道,你是要让他替你活着,幸福地活着,对吗?等他将来结婚了,我就认他的女朋友是你,好吗?大姐,你放心,安息吧!

1988年12月18日

在这段日记的那一页,我贴上了大姐的一张彩色照片——她微微含笑,将所有的青春朝气、对美好未来的向往、对生活的信心都写在她那张美丽的面孔上;她蓬勃旺盛的黑发蓬松有光泽,白净而细腻的脸庞充满了张力;那双眼睛藏着她美梦一般的秘密,我知道那就是对武力荣的爱;那娇小的嘴唇棱角分明,欲言又止;那修直的鼻子似乎是维纳斯的鼻子。我看着这张照片,复而深深地沉浸在无边的悲伤当中。

我再次翻动日记,后面的某一页我写下了这样一段话:

大姐,春节回来,家里都好!今年的春节,对我们家来说，就如你的忌日一般，谁也没有心思过年，都缩在家里，谁也不想出门。我知道，你肯定在武力荣那里，或者就在家里。武力荣再没有见我，我也没有去找他。据我同学说，他还给你筹集过上万元的周转资金，但是，他再也不提了。如果真有这事，我就去找他，还给他那五千块，以后，我工作了，再还他剩余的五千块。可是，我同学说，他也找不到武力荣了，工商所的说，他生病住院了。这事我不想让家里别人知道，由弟弟来承担。

　　但是，大姐，这是真的吗？不管咋样，你也要给我托个梦啊！我想你，大姐，我亲爱的大姐！

1989年2月2日

再翻动两页，我终于看到了自己梦见大姐的那一幕：

　　大姐，你终于让我梦见你了！你咋不说话啊，只是笑着，看着我，若即若离？大姐，你听见我哭了吗？我向你奔去，你就闪开了，你是在火车上吗？在南下的火车上吗？你的衣服咋那么单薄，丝丝缕缕的，你咋像个流浪的人哪！亲爱的大姐！你冷了吗？我今天就给你送衣服去。我都从梦里哭醒了，还在伤心地抽泣。大姐，我想你！

　　今天计划：去大姐的墓地，给大姐送些衣服，送些钱。

1989年2月13日

　　我记得那天下午，我去了大姐的墓地，看见她的墓前，有一束玫瑰花，鲜艳如初，九枝，摆在墓前。大姐墓前的相片都被擦过了，整个墓碑都被擦拭一新。我知道，明天就是情人节，这是武力荣来给她献花来了！墓前还有烧惨了的一对红烛，是喜庆粗壮的红烛，熄了；有一堆纸灰；有一个白酒瓶，没有剩下酒，我挪开酒瓶，看见酒瓶下面压着一个猩红的字：爱！我仔细看，那是用血写成的；还有一块没有烧尽的纸片，残留着几个字：爱你的荣！吻你！

　　夜很深的时候，我在悲伤的回忆中入睡了。我突然强烈地渴望在这个夜晚能够梦见大姐，梦见和她坐在深圳湾的椅子上，看她娇美的脸庞，听她若有若无的讲述。

四

　　在此后的几天当中，我连续给石女士发了几条微信，表达了同样的意愿，想听她讲更多关于我大姐和那场灾难的事，最终我失望了。她没有回复一个字。

再后来，我也不再发微信给她了。

突然有一天，她在微信上说，她想和我谈谈。我非常高兴，我们约在深圳湾公园的红树林，就近找到一张椅子坐下。我看见她的样子和我大姐有点像，尤其是眼睛，那鼻子和嘴唇也颇为相似。她的发型正和我留存的大姐照片上的发型一模一样。

她说："小白，你看我今天的样子像你大姐吗？"我说："我有一张她的照片，真像！"她说："我知道你大姐。我见过你大姐的照片。"

我惊诧得连舌头都收不回来。

她这才娓娓道来。

那时候，石小梅正上高三，中午放学回家，路过铁路边，远远看见停着一列冒着黑烟的火车，人们像一群蚂蚁，在火车边扎成堆，扩音喇叭正在高喊："路过的同志们，请大家快来帮忙，将这些受伤人员帮忙送往医院，救死扶伤，实行革命的人道主义……"她急忙跑过去，看见一列绿皮的火车停在路边，寒冷冬日里，车窗里冒着滚滚黑烟，警笛长鸣，人声鼎沸，整个现场乱作一团。她的心跳得快要蹦出来了，她顿了一下脚步，还是走进了混乱的人群，看看有没有什么事做。路边是一团一团的人，有人正在翻动着路边的皮箱，有人急忙从里面翻出什么，塞进自己的口袋，还有人在死人身上寻找。受伤的人在现场直喊救命，就在她路过现场的时候，突然，她的脚踝被带了一下，她回过头来，见一个脸色干净而美丽的女子正向她摇动黑焦的手指，那正是没有抓住她的那只黑手。她迟疑了一下，转身走过去，那女子向她递去一个东西，那女子的眼睛充满渴求，那是一个厚厚的黑布包，她接着，急忙蹲下身子，听见那女子说："交给兰州……曲丽河……工商局……武力荣……武力荣……"石小梅将黑布包装进书包，说："好的，你放心！我送你去医院——"只见那女子的眼角滚下了一颗硕大的泪水，在她美丽的脸庞上滑下来，那眼睛晶莹剔透，一直流到了黑色的脖颈，冲开了一条白色的沟壑，很快结冰了。她再也没有闭上眼睛，她看着石小梅，没有动，眼睛一直看着她……正在此时，一位警察走过来，蹲下身，用手在那女子的鼻翼下一试，拉起石小梅的手就走。场面混乱至极，石小梅一直觉得那双美丽的眼睛在后面盯着她，她回头看了一眼，那女子还是美丽而优雅。石小梅想，这东西她一定要送到，那人叫武力荣、吴丽蓉，还是吴立荣……她脸色蜡黄，跌跌撞撞，似乎离开的是她的亲人一般，她眼里充满了泪水，心里喊："你放心，姐姐——"她被那警察拉出了现场，因为她还小，怕她受了刺激，叫她立即回家。

石小梅没有回家，她心里翻腾着那个姐姐，脚步沉重，她瑟缩着寒冷而恐惧的身体，来到医院。她妈妈正好生病住院，她要告诉妈妈今天她的所见所闻。孰料，医院里也像现场那么混乱，她穿过纷扰的人群，走进妈妈的病房。病房里也挤满了人，一位大妈正躺在妈妈的病床旁边，许多医护人员站在身边，声音长长短短地问询着。许久,她才从嘈杂的噪声中听清楚,那位大妈正在哭诉着:一位女子将她从车窗里推出来,她趴在地下,回头看,一团黑色的烟尘夹着红色的火焰从车窗里喷出来,再也没有看见那女子跳下来。那大妈啜泣着说:"她长得俊得很,像个演员,眼睛、鼻梁、嘴唇都好看……就在将我推出窗外之前,她还把她的男朋友从窗户里推了出去……我知道,他们是男女朋友……一路上我就知道。我是从西安上车的,他们是从兰州上车的,路上还聊过几句话。他们是男女朋友,亲密得很,可惜啦……也不知道她……她的男朋友咋样啦……"石小梅睁着无神的眼睛,没有说一句话,定定地看着那位大妈。最后,在妈妈的叫声中,石小梅才回过神来。妈让哥哥带她回去,别吓着她了。石小梅回去,也不吃饭,将门反锁,坐在书桌前,拉开书包,取出那包东西,她吓傻了:那黑布被火烧毁了一角,那肯定是那女子将那火用手攥熄灭的,烧开了洞的黑布包着的竟然是一沓钱,她从来没见过的那么厚的一沓钱!她开始数,数来数去,眼前都是那女子的眼睛,还有她那双摇动的黑手……最后,她终于数清楚了:五千块!她的耳边又是那女子的叮嘱:兰州——曲丽河——吴立荣……是武力荣,还是吴丽蓉,还是吴历容,还是伍立荣?她在草稿上写满了这三个音同的字,她还翻阅字典,找出了姓氏里面读wu的姓,伍、吴、武,她揣摩到了半夜,终于还是睡不着,接着她梦见那女子对她说:"你一定要找到他,他叫武力荣。"她惊醒了。石小梅在神思恍惚中度过了三天。第三天晚上，石小梅终于想清楚了，她要到所有的医院寻找伤员武力荣，也许他正在医院接受救治。石小梅走遍了所有收留伤员的医院，也没有找到武力荣，虽然她说的是湖南话，但是的确没有人知道这个名字。

她将这个秘密悄悄装在十八岁的冬天，一再向自己承诺：等我高考结束，我要去兰州，找到武力荣，完成姐姐的心愿。

高考结束了，石小梅考得一塌糊涂。她认了，这是她命中注定的遭际，她不得不面对。她悄悄筹借了一百块钱，作为往返路费，在一个清晨，她留下一封信，告诉父母，她要去打工了。

其实，她正坐着那列曾经在她眼前燃烧过的火车，心里装着即将释放的心绪，带着一个少女的善良和宽厚，来到了兰州。

她从来没有出过这么远的门，一走就是三天四夜，终于到了兰州。在兰州，她找到了七里河，找到了工商局。七里河工商局的人根据她的发音，带她找到了武力荣。

那时候的武力荣已经不怎么上班了，他整天在市场上晃荡喝酒，整天醉生梦死。那天她见到武力荣的时候，正是上午十一点，她走进楼道，问武力荣在哪个房间，有人说："今天他正好来了，你来得正是时候。"接着高喊："小武，有人找你——"

武力荣从房门出来，石小梅从对面走去。石小梅的身姿摇曳在楼道的晨光中，带着南方玲珑的气息，婀娜多姿。石小梅缓缓走近武力荣，见他从房间探出头，接着站在门口，已经泪眼婆娑。他摇着头，哽咽得说不出话来。石小梅吓得不知如何是好，问:"你是武力荣先生吗?"武力荣点着头,眼里泪光点点,看着她:"是的。对不起,你和她真像——"他急忙擦干了眼泪:"对不起,请进——"

石小梅坐在沙发上,武力荣擦了擦眼泪,说:"对不起,我知道你会来的,我知道你一定会来的。"石小梅说:"为什么?你知道我是谁?"

"对不起,您贵姓?"

"我姓石,叫石小梅,郴州人。"

"郴州人——你终于来了!"武力荣沏茶,小心翼翼地坐在一边,"你是乘坐K178次车来的吧?"

"对。"石小梅小心地说。

"我们坐的是K177。你怎么才来啊——小石——"武力荣又开始哭泣,"我都等死了,你再不来,我就走了!"

石小梅讨厌哭泣的男人,但是,这一刻,她却觉得这男子如此深情。

"你咋知道我会来——"石小梅有点胆怯,她觉得这简直是一个荒谬的遭际。

"馨兰告诉我了,你会来的,她说,你来,就说明你是个好姑娘——"武力荣清癯的脸显得真诚无比。

"馨兰是谁?怎么告诉你的?"石小梅隐约觉得他说的这个馨兰就是那位姐姐。

"她叫白馨兰,她托梦给我,她总是托梦给我……"武力荣擦了一把眼泪,憔悴的脸庞让石小梅心生怜悯,他的脸色蜡黄,嘴巴单薄,"你是在火灾现场见到她的吧?她咋说了?"

石小梅感觉这是一场梦一样的遭际,她恐惧。

"她可能会给你什么东西……让你交给我——"武力荣说。

石小梅惊呆了。

我们坐在深圳湾的椅子上。我同样惊呆了。

五

夜色阑珊。海水泛起一层一层的浪花,扑过来,退回去。

"他会来的,你见他吗?"石小梅说。

"你们在一起了?"

她没有回答我的问题,她继续讲:

"在兰州,我陪武力荣去了你大姐的墓地,就是华林山。我在墓前告诉你大姐,我完成了她的嘱托。那时候,我被自己感动了,我哭了。他也哭了,说:'她来了,说明她是这个世界上最守信的人,我代表你谢谢她!'武力荣当即掉转跪着的方向,向着我磕头,我急忙用双手托住了他的头,他的胡须蓬乱,不修边幅,很扎手的那种。而他后来说,从那一刻起,他被我这双温暖的手给托住了,否则,他将永远沉沦不起。他看着我,泪水直流,我被他的眼泪打动了。

"离开你大姐的墓地,我一下觉得自己轻松了很多,感觉自己突然长大了，什么事都可以做了，什么事也不怕了。我说："我的使命已经完成了，我要回去了。"武力荣说："这个世界很大，也很小，你来了，世界就小了，你走了，世界就大了。既然来了，我要陪你好好转转，在西北好好看看，这也是她的意思。如果你这样走了，她不答应，她是个善良美好的姑娘；再说，我也不能答应让你就这么走了。"我听了他的话，任由他安排我住了宾馆，去了五泉山，去了白塔山，去了兴隆山，还去了刘家峡，去了炳灵寺，去了甘南草原，去了拉卜楞寺和郎木寺，他对我的照顾几乎无微不至，却又毫无邪念。他缓缓有了精神头，整天乐此不疲地前后为我服务，背着军用水壶，他情绪居然好转了，再也没有见他哭泣的窘相，甚至乐呵呵的，和刚见到的他比，他似乎换了一个人。其实，他是可爱的，很会照顾女孩，难怪你大姐爱上他了。

"我喜欢上他了。我很恐慌，我才十八岁，我不知道该怎么做，心跳让我拿不定主意，我得离开他。无论如何，这样是荒唐的。从甘南草原回来，我提出要回去，次日就要回去。

"他没有阻挠：'你迟早得回去，我知道。'我无语。他去买票了。

"次日，他送我去火车站，我有点难舍，看着他嘻嘻哈哈的样子，我心里难过，但我还是看上去很高兴的样子。他说：'我把那五千块钱交给她爸了，这下好了，我轻松了。'我心里踏实多了，我知道他是一个真诚的人！我和他分别了。我没有任何的

表情，怕给他留下什么牵挂：'希望你振作起来，安顿好自己，找个更好的对象，替她把美好的生活继续过下去。'

"我握着他的手的那一瞬间，我感觉不想丢开了。可我不得不丢开，我不敢设想他会和我在一起。

"当我昏昏沉沉地坐着火车到了郴州下车之后，我听到有人喊我，我回过头去，武力荣就在我的身后。我泪眼蒙眬，我奔过去，当时就抱住了他。他说，他离不开我了。我们坐在火车站前的树下，久久没有分开。

"'我们去深圳吧——'我说。

"'去哪里都行，只要离开兰州，去哪里都行，你就是我的活路。'他的眼睛茫然而执着地看着远方说。

"我们来到了火车出事的地方，我们买了纸钱，点着了，在我的脚踝被差点抓住的地方，我俩跪下。纸火燃烧起来，就像那场火一样，我看见她将武力荣怎样艰难地推出车窗，怎么样将那个老太太又推出去，浓烟和烈火已经将她包裹，她喊着武力荣的名字，在滚滚浓烟烈火当中，火车还在前行，她美丽的脸庞消失了……我又看见她躺在那里，眼睛死死地盯着我，将所有的希望从眼睛里放射出来，那姣好完美的面容向世界做最后的诀别。

"武力荣跪在一边说：'我们在一起了，你也看见了，她是世界上最好的姑娘，我要和她在一起，我再也不回兰州了。从此后，你就别再找我了！你也不要牵扯小石，我们走了，去实现你的梦想去了！'

"我们来到了深圳，他很快振奋，考上了深圳的公务员，报考的依旧是工商局，最终还真的被录取了，因为他就是学工商管理的。他爱我，就像爱你大姐一样。"

　　我懂。她说："我就是你大姐。"

　　我们默默看着海，暗蓝色的波涛从回忆的远方涌动而来，汹涌澎湃又温柔多情。

　　"他来了。"石小梅说。

　　我看见远处的海滩上，一个人缓缓走过来，遥远的海浪在他身前身后窃窃私语，海鸥的叫声在他的头顶盘桓。他就是我曾经的大姐夫——曾充满了白馨兰气息的男人。

原发表于《飞天》2015年第8期

原乡情结的隐秘还原
——汪泉短篇小说叙事研究

贺美荣　张建华

汪泉是客居广州的作家，他的作品涉猎散文、诗歌、纪实等领域，但最能反映其艺术水准的文字是他的中短篇小说。其中篇叙事周详，情节婉转；短篇人物气血丰满，叙事语言朴实无华。代表作如《教室里的月亮》《毡》以及短篇小说合集《阿拉善的雪》等，在小说主题、叙述视角、人物形象、作品语言等方面皆表现出浓郁的西部乡土特色，隐含在文字后面的是作家难以言说的精神还乡情结。

一、精神还乡母题的隐痛与温情

主题是小说的精神指向，汪泉小说的主题主要表现为"回归故乡"，这一故乡并非现实存在的家乡，而是其精神上剥脱沉渣、去除伪饰的隐秘世界。故其小说往往以家乡的山水人物为历史舞台，在表现人心中的隐痛、书写人间暗藏的温情方面颇见成效，其最终指向是悲悯情怀。

（一）书写人的隐痛

刘世剑在《小说叙事艺术》中指出："小说源头是讲故事，也就是讲人的生活。"[①]小说通过摹写人，揭示人的价值、人的本性，以及人与人之间的关系，这就说明小说只是写"好看"的故事远远不够，更重要的在于小说家要通过文学的手法，像剥洋葱一样将世界最真实核心的内里抽离出来，让读者去发掘真实的人类社会。《相拥》中写了一个人人畏惧的猎人，但他也是一位隐痛者。他的院里有两匹"狼"，一匹是真狼，他捉的，一匹是被批斗的"大背头"。小说有一段关于人们去看这两匹狼的场景描写，读来着实辛辣可笑：

> 那天去看狼的人多：有大人，有孩子，有男有女。从下川到中川一路上逶迤蛇行，徐缓不一，人群似乎是和天上的日头一样自在，又似乎像过什么节日一般……果然，人们懒懒散散都拥到了一个地方，四面都围着人，扎成了堆。圆圆的高音喇叭在高声讲着方方正正的话，似乎是在将狼死死镇在这高亢的声音下，永世不得翻身。而我们在人群外只能看见无数沾着尘埃的大小屁股，这些屁股上缀着新旧不一、大小

---

① 刘世剑：《小说叙事艺术》，吉林大学出版社，1999，第85页。

有别的补丁，像屁股张开的空眼睛。其余什么也看不见……事实上，大喇叭也是这么说的，背头就是混迹在革命队伍里的一匹恶狼。清清楚楚、明明白白：他是一个人哪！①

这是家雀的内心独白，他发现被人们围观的"狼"其实是一个人，一个实实在在的和他一样的人，但是在成人的眼中，大背头却是匹"野狼"，他们都是一群来凑热闹的"看客"，听说捉来了真狼，一传十、十传百，几个川子的人们从四面八方赶来看狼，却不想这里不止一匹狼，他们想看被张狼捉来的狼，更想一睹捉来真狼的张狼，"我"以为里三层、外三层扎成堆围着的人群是在看狼，实际上，里面是一个活生生的人，一个被批斗得连狼都不如的人。读者通过这段文字，也就更能理解莫言所言："人一方面可以成佛、成仙、成道，可以是无限的善良，但要是坏起来就是地球上最坏的动物。"②"世界上确实有被虎狼伤害的人，也确实有关于鬼怪伤人的传说，但造成成千上万人死于非命的是人，使成千上万人受到虐待的也是人。"③

---

① 汪泉：《阿拉善的雪》，太白文艺出版社，2021，第4页。
② 莫言：《与王尧长谈》，载《碎语文学》，作家出版社，2012，第126页。
③ 莫言：《恐惧与希望》，载《用耳朵阅读》，作家出版社，2012，第141页。

小说里无论是狼还是人都在经历着自己的隐痛，狼没有伤人，自己的孩子却被人煮了吃，为狼崽报仇却被捉来拴在外面供人亵玩。张狼看似勇猛，人人畏惧，但他也是一位隐痛者，他孤身一人，无依无靠，他将狼捉来，拴在石磨盘上，又搭救了被批斗的大背头，一人、一犬、一狼供人观赏。

《渔人码头隐伏着什么》中，阿春偶然知道了妻子身患癌症已二十余年，自己却一直被蒙在鼓里，很生气，但是一方面又不敢让妻子看见诊断书，藏起诊疗单，找了个僻静的地方喝酒，想要质问丈母娘一家，却又听闻丈人住院，缄默其口，止住了嘴，埋怨不了任何人，只能独自舔舐伤口。

汪泉笔下的隐痛都是自然而有力的，使人要么走向毁灭，要么选择重生，龙雀面对这种隐痛无法接受选择了死亡，张狼在隐痛中与痛苦相拥，实现了自我救赎，无论哪种方式，这都是他们面对世界的信心。

（二）书写人的善意

汪泉善于制造苦难的生活，在细微处书写人的温情，展露人性的善意。《托钵记》中主人公阅粤一家以乞讨为生，爸爸、妈妈和哥哥都是残障人士，没有地方供他们工作，为了生存，不得已远离家乡，跑到遥远的广州定居，一家人的支出以及"我"和弟弟青青的学费全靠他们乞讨得来。在外人眼中，他们是肮脏、丑陋不堪的乞丐，路过的人们目光中透露出的是嘲讽，是不信任，但在广州奶奶、班主任曾姐和政治老师胡老师眼中，"我"

与常人无异，就是一个普普通通的学生，他们用自己的行动默默维护着"我"的自尊心，让"我"在家庭之外感受到了来自陌生人的温暖。虽然没有过多的话语交流，他们却让"我"感受到了人间的大爱。文中有一个细节在情节中多次出现，是关于他们手的描写："奶奶突然抓起我的手，摩挲了又摩挲，像亲人一般，她什么话也没有说，只是不断地摩挲着。那手温暖敦厚，她没有嫌弃一个乞丐的手是脏的，没有嫌弃这双手的陌生和疏离，她像熟悉我的手一样，将我的手覆盖在她绵软的两手之间。"[①] "我的手在奶奶的手里，我的头垂下来，想要说，却被她的那双手给暖得流泪。"[②] "以她格外温热的另一只手托着我的手，捏了又捏。"[③] "我突然不顾一切地跑上前，抓住了他俩的手，紧紧攥了一下。"[④] 在阅粤看来，这不是单纯的两只手的触碰，这是他们无言的爱，如水般温柔，让处在荒漠中独行的自己如饮甘霖。他们没有因为自己乞丐的身份而嗤之以鼻，反而毫无芥蒂地爱抚，让阅粤在这座城久违地感受到了人性的温暖。

一座城，一份情，阅粤一家每天在烈阳暴晒下讨生活，艰难地生存。但在他们眼中，这却是一个有温度的城市，没有多余的钱买菜，菜市场的胡伯、王姨和万叔每天都会提前把别人不要

[①] 汪泉：《托钵记》，《佛山文艺》，2022年第10期。
[②] 同上。
[③] 同上。
[④] 同上。

的菜装在袋子里送给他们，有时还会拿点新鲜的蔬菜、鱼给他们吃；广州奶奶知道阅粤的学费不慎丢失，帮助垫付学费；班主任曾姐知晓情况后，让阅粤先行上课，没有丝毫轻蔑之意；政治胡老师发现阅粤在天桥上乞讨学习，没有说一句话，只是默默掏出身上所有的零花钱悄悄夹在了阅粤的书里，又悄悄离开，给足了他尊严；阅粤毕业后，两位老师临别之际一起为他买了一双崭新的运动鞋作为礼物。文章中流露出来的是满满的人的善意、人的温情。我们一边在感慨阅粤一家不幸的遭际，一边却又被这些陌生人的善意打动，人间至情是大爱。

《三师一生》中，村子搬迁，偌大的学校就只剩下一个学生尕东，以及三个老师。在文章最后，尕东即将毕业，一大早去镇子买肉，待客谢师，可是在听到他们没有学生可教，学校要被撤销，三个老师也面临失业时，尕东毫不犹豫地站出来，表示自己要留级，校长听到红了眼。此时，尕东买过肉的老板也开着摩托来到了学校——"一手提着一个包进了校长室，尕东一看，正是干城的饭馆老板。老板嘿嘿笑着说：'何校长，这娃毕业了，何振家是我同学。在深圳打工，我来招待你们。'说着，他低头从包里拎出了一瓶酒，又挖出了四个铁酒杯，当啷啷摆在茶几上，拧开酒瓶，咕嘟咕嘟倒了四杯酒，摆在了金黄斑驳的茶几上。"①饭馆老板与父亲只是多年前的单纯的同班同学，与尕东

---

① 汪泉：《三师一生》，《飞天》，2022年第7期。

仅有一面之缘，但是在孩子一个人买酒买肉毕业待客时，专门跑过来替尕东招待老师，那黄金斑驳不只是茶几的颜色，更是饭馆老板以及这三师一生的质朴善良的心，在他们之间我们能体会到人与人之间的善意，触摸到人类共通的善意。

汪泉善于通过对人性幽微的挖掘，去彰显人世隐蔽的美好，这类温情在他的小说中时时可见，处处可感。

二、内敛、真切的叙述视角

童庆炳在《文学理论教程》中说，"视角是作品对故事内容进行观察和讲述的角度。"[①]这也就指出了故事内容的呈现总是通过某个观察点、某种眼光实现的，视角对于小说是至关重要的，选择视角是创作一部作品的首要环节，叙事视角选择的差异会传达不同的信息，代表作家不同的审美选择与角色体验。弗里德曼、申丹等人皆有精辟论述，而法国符号学家热奈特在《叙事话语》中将视角分为三种：零聚焦、内聚焦、外聚焦。

读汪泉作品，可以发觉其作品采用的大多为零聚焦与内聚焦叙事，其中在《渔人码头隐藏着什么》中罕见地插入了外聚焦模式，这种新颖的切入视角传达出他高超的"讲故事"技巧。

---

① 童庆炳：《文学理论教程》，高等教育出版社，2015，第405页。

（一）全知全能型零聚焦叙事

"零聚焦"，即通常所谓第三人称，是指无固定观察位置的视角模式，也被称为"全聚焦""上帝视角"，作者全知全能，笔触可以伸向任何隐秘的角落，包括所有人物的内心世界，因之作者可以轻松牵动读者之心任意游走，这是一种承继传统的叙事视角。

汪泉在《掘墓时刻的微火》中讲述了大学生家驹回家为出车祸的哥哥料理丧事时遇到之前一起打工的刘尕宝，偶然得知哥哥曾代领了自己的工资，并由此展开了关于嫂嫂去世以及家驹打工的两段回忆。作家赋予了家驹无所不知的感知力与穿透力，他洞悉每个人物的所见所闻与内心所感，通过他的回忆，我们知道了外甥去世的真相，看到了嫂嫂离世时的艳丽夺目，以及甄燕和家驹二人恬淡如水的爱情，无论是兄弟之间还是爱人间，都体现出了一种无与伦比的爱的光辉，一如既往地贯穿了汪泉创作所追求的悲剧意识与人性美。文中有一段关于家驹五十块的工资的补充："刘尕宝毕竟就是邻村的人，他来村上，哪个不认识？就连猫儿狗儿都熟悉他。收账的人适时而至，他是在危急时刻掏钱帮了家驹哥哥的，家驹哥哥哪里好意思推诿说"这是弟弟的工钱，弟弟上学要用"。只得将那左手刚刚塞进去的钱，右手接着掏出来，转手还了别人，千恩万谢。"哥哥没有把工资交还给家驹，也未将这件事告诉家驹，这个钱究竟到了哪里，谁也不知道，作者在此刻出现了，他作为通晓一切的叙述者，解决了我们的一个疑惑：家驹的工资究竟被用来做了什么？再如小说中关于热羊肉汤、斩草、看风水、打坑和烧窑等内容的描写举重若轻，向读者呈现了河西走廊农村白事仪式的细枝末节，没有丰富的生活经验，是不可能描写得如此透彻、细致入微的，这里作者将自我的经验搬运到了小说中。全知视角的叙述仿佛坐在电影院观看了一部人物纪录片，对于读者更全面地理解文章、了解事件前因后果是大有裨益的。

零聚焦还有一个好处就是可以随意感知触碰人物，了解其所思所想，通过描写人物内心的思想变化，全方位展示人物性格，以达到更饱满的人物形象的塑造效果。正如家驹在哥哥即将下葬前有一处描写他眼中风景的，那是关于家驹的一段心路历程的活动变化，在哥哥下葬时遇到了工友刘尕宝，在刘尕宝的嘴里，家驹得知了原来当年自己还发了一份额外的工资，是哥哥代领了，但是此刻这个躺在黄土里的哥哥却从未告诉过自己，家驹觉得有些不可思议又好笑，哥哥一向老实憨厚，对自己也十分疼爱，他不相信哥哥会欺瞒自己，更是因为这并不是普通的工资，这是两个年轻人之间的爱情告白，是甄燕回应自己的一封特别的情书。自己等了这么多年，一直以为没有得到回复，而甄燕也一直在等家驹的回信，有生之年却没有等到，因为这一份工资阴差阳错使两个相互倾心的人未得互通心意，最后以遗憾落幕。而故事的两个主要人物却都已离开人世，独独留下自己，无处诉说心中的苦。但是家驹并不觉得是命运捉弄了他，未因此变得消沉，在火光的照耀下,家驹被暖意包裹着。

(二)亲历亲感型内聚焦叙事

内聚焦是从某一个人的所见所闻中获取信息,叙事是与人物相连的聚焦者。此类模式多采用第一人称叙事,叙事者与人物是同质关系,他们的情感是同一的,也就是说叙事者寄居于故事中的某个人物,情节的展开都只能通过这个人去讲述,借他的感官去探知世界,从他眼睛所观察到的外部世界获取信息,而对于他自身以外的人物内心世界无从知晓,无法窥探,因此情感的呈现也多含主观色彩。内聚焦模式又进一步可以划分为"主要人物内聚焦""次要人物内聚焦"(见证人视角)和"不定内聚焦",汪泉小说多采用的是前两者,即固定式人物聚焦,这类小说视点都是固定在某一个人身上,自始至终都是通过一个人的视角展开的。这种固定的叙述模式有利于拉近作品与读者的距离,使读者便于理解与接受文章,融入其中,体味情感。

汪泉在《教室里的月亮》中,文章开头便以"我"的自述展开。"我"意外做了大鱼学校的校长,这是为什么呢?紧接着,叙事者便开始回忆,"我"考上大学回到乡下教书,却并没有因此改变自身命运,在家乡人看来,"我"依然是一个农民,当然也不会有好的工作。为了改变这一现状,"我"从二姐婆家赊来一块几千块的大靖毛毯(彼时"我"的工资也只有三百多块,依旧是一个穷人),背着毛毯,提着二十斤的胡麻清油敲开了局长家的门,礼送到了,批文却迟迟未到,此时读者与"我"都在着急：莫不是白狼套了空手？最后终于等来一纸文书，"我"被任命为一所学校的校长——一所只有五个老师的僻远的山村小学。"我们"一家人"倾家荡产"搜刮的"礼物"，终于获得了一份听起来很威风、很体面的"高档"职位，但并不是在城里，而是在比乡下还乡下的深山老林。

到达学校之后，借"我"的眼睛，读者们看到了几间破烂不堪的危房，墙体都是裂缝，冷风直灌，学生们几乎全部冻感冒了，咳嗽的、打喷嚏的、吸溜鼻涕的。扶贫款呢？原来都在村主任手中。村主任平日里都在打麻将，根本抓不住人。通过"我"的所见、所闻、所感，读者们看到的是尸位素餐、滥用职权、在其位不谋其事的公职人员。局长狡黠圆滑，收受贿赂却不点头也不否认，吃粮不管事，敷衍塞责；村里学校残破不堪，推开教室，仿佛进了一间大病房，学生几乎都是病号，上面拨发的扶贫款却一分都没见过，负责此事的村主任整天逍遥自在，玩忽职守。读者们看到的是在这地瘠民贫、本该团结一心共同致富的小村庄里，竟然也存在着穷欺穷现象。拿着鸡毛当令箭的村主任整天不务正业，游手好闲；在热乎乎的房间里喝老茯茶的田主任；在黄烟中生火咳嗽、在寒冷破烂的教室里上课的孩子：这一切形成了鲜明的对比，本该在温暖的教室里上课的孩子们与为之服务的老师、干部们，在此刻却颠倒了关系，老师与干部在享福，孩子们在受苦劳动，这个画面在此刻是如此讽刺。在这里"我"的存在，早已不是单独的"我"，代表的是像"我"一样的底层人物,"我"成为他们的"代言人",通过"我"的视角,我们看到了"局长""村干部""平民大众"最真实的生活状态。因为"我"的存在,他们的生活状态、场景变得鲜活,也让读者更有同在感和现场感。

汪泉的小说大量采用这两种叙事视角,将朴拙的乡土叙事与现代性很强的视角选择和谐地融为一体,为读者提供了沉浸式的阅读体验,这是有别于当代许多乡土小说的。

三、人物形象的"回归"解读

视角在一定程度上须服从于人物塑造的内在需求,而人物作为小说的三要素之一,是小说必不可少的一部分。汪泉小说中的人物形象比较丰富,其中最光彩夺目的是各类"少年"。

(一)超越年龄的成熟

在汪泉笔下,少年形象占据很大篇幅,且往往光彩照人,这一群体既有着放荡不羁、桀骜不驯的少年心性,也有着超乎同龄人的成熟与担当。

王敬文说:"人物的形象与环境息息相关:一定的社会环境决定人物的思想性格的形成与发展,人物的行动和作为,无不受环境的影响和制约,与环境发生种种矛盾。"[1]汪泉在作品

---

[1] 王敬文:《小说艺术构思初探》,中国文联出版公司,1987,第116页。

中为少年营造了苦难的环境，他们有着丰富的阅历、苦难的经历，让他们从小便拥有了超越同龄人的成熟感与担当感。在他笔下，这些少年人多生活艰苦，性格处事方面却又十分明事理、懂大局。里蒙-凯南曾在《叙事虚构作品》中说过人物标记的两种基本类型：直接形容和间接表现。[①]前者用特定的词明确点出人物特征，比如，这个人真漂亮，大家都说他小肚鸡肠，这种方法虽然可以达到直接揭示人物性格的目的，但缺少了文学的神秘性与艺术性。后者不直接说明特征，而是通过各种方式去暗示，以达到一千个读者就有一千个哈姆雷特的目的，让读者自己去发现人物的千面性。在汪泉笔下，人物的形象都不是直接指明，而是通过人物的一系列动作语言等来完成刻画。

小说《毡》中，为揭开莫拉的神秘面纱，作者选取了相当讨巧的手法："回忆"与"共情"。文章插入了大段回忆剧情，正犹如哈利·波特在邓布利多的冥想盆中所感受到的人物记忆：他追溯人物性格的形成过程，而非直接呈现。通过莫拉的回忆，我们明白了爸爸妈妈甚至爷爷奶奶对莫拉敬重与爱戴的缘由，心痛于莫拉断臂的遭遇。此处选取一段对莫拉形象进行分析：

早晨睡觉前我就想好了，要是遇到危险，只有我来抵挡，她俩一个怀孕，一个比我小两岁，能干啥？

---

① 里蒙-凯南：《叙事虚构作品》，姚锦清等译，生活·读书·新知三联书店，1989，第107页。

我摸了一把三贞圆溜溜的大肚子,我能感受到那肚子里的孩子动了一下,我的手停了一下,我用食指在那动的部位轻抚了一下,算是和那肚子里的胎儿告别;我又抿了一把董娥乌黑的头发,接着用手捏了一下她幼稚的脸蛋,也算是和她告别。①

这里通过"摸、轻抚、抿、捏"等一系列动作的捕捉,将莫拉的体贴与呵护凸显出来。一个"抚"字已显示动作之轻,前面又用一个"轻"字来修饰,细小而传神,将莫拉的爱意毫不掩饰地展露出来。此刻的她仿佛是一个比她们年长很多的长辈,安抚她们不要害怕,事实上她也只是十五六岁的小姑娘而已,她强装镇定,以自身为饵,孤身诱敌,帮助两个妹妹逃跑。

在《阿拉善的雪》中,家雀为了补贴家用,趁着假期做家教赚钱,回家之后,听说今年自家猪没有生崽,父母还在为明年的学费与生计发愁,便故意和爸妈开玩笑,态度强硬地喊着要杀了母猪,还捂着肚子说自己肠子要断了,吓得爸妈连忙起身瞧。"肚子?你看看这副肠子!"家雀笑得在炕上滚。妈一看,原来是一个厚厚的牛皮纸信封,她捏着那沓东西,瞪着眼睛喷怒:"死娃子,吓死妈啊!"家雀把自己做家教赚来的钱藏在肚子里,假装肚子起了个硬肿大包让爸妈摸,吓唬他们,看着他们

---

① 汪泉:《毡》,《解放军文艺》,2021年第7期。

着急忙慌的样子，笑得满炕打滚。在外人眼中，家雀是一个成熟稳重、自立自强的成年大学生，而在爸妈这里她又变回了那个长不大的重拾顽皮的孩子，喜欢母亲为自己担忧时的碎碎念。妈妈知道真相以后，在这里用了"嗔怒"一词，看似是在责怪，其实是一种满含爱意的表达，是爸妈对家雀长大了的欣慰与感受到幸福的喜悦之情。通过描写一家三口的对话，读者们感受到一派母慈子孝、和谐有爱的家庭氛围。

汪泉笔下塑造的大量少年形象都栩栩如生，充满个性。《托钵记》中的阅粤好学而安静，因为家境的因素，还带着一点自卑感；《澳门刺杀》中，沈飞老成又倔强，一定要向"我"证明自己是英雄的后代；《火光》中的尕牛、家雀、尕喜三个结拜兄弟，他们虽然都有着少年的调皮好动，却又有差异，一个机灵勇敢有谋略，一个善良又懂事，一个憨厚又执着，他们一起行侠仗义，福难共享。他们都有着苦难的经历，但并没有消沉气馁，也从未停止过奋斗。

（二）深入骨髓的善良

包括"少年"在内，汪泉作品中的各色人等的善是深入骨髓的，是由内而外的。在他笔下，善良就是心存善念，口出善言，多行善举。《燃烧的冰川》中，五黄六月，天气大旱，马家磨河泉眼边老鸹、喜鹊、麻雀为争抢唯一的水源，互相啄得头破血流，一片臭气飘散在马家磨河的空气中，开篇为我们展示的就是一片衰败颓废之景，这是汪泉一贯主张的在恶劣的自然环境中突显人性、表现人性，本文便塑造了一个类似圣人一般大慈大悲、救苦救难的人物——胡八爷。胡八爷临死前回光返照，像被附身一样，一定要去雪山上找冰，奄奄一息的他高喊："生灵不能渴死，去取水吧！"①说完，他溘然长逝，胡八爷虽然死了，但是他为乡邻找到了最后的希望，也让鸟群重获生机。

　　善良也是一种无私的表现，是不抱偏见的对任何人的同情与怜悯。《阿拉善的雪》中，朱尕兔诱奸了同村的少女小玲，因为他的一念之差，造成了小玲一家人的不幸，小玲在懵懵懂懂间丢失了贞洁，母亲哈小凤终日神思恍惚，发疯卖傻，父亲朱二生病住院，欠下一屁股债务。于是，朱尕兔父母尽力挽救补偿这个家庭，弥补自己儿子做下的错事。而另一边，造成这一切的罪魁祸首朱尕兔却在逃避责任，奔逃外地，犹如热锅上煎烤的蚂蚁，只能受良心的谴责。他不知道的是这个可怜的少女内心已经做出选择，心中的天平已悄悄向他倾斜。他在诱奸小玲的事发后也没有道歉，小玲还是以德报怨，宽容谅解了他的行为，换得浪子回头。她的善是一种可以触动心中最高尚的善，是一种潜意识的双向救赎。

　　（三）突破乡土的达观

　　达观是介乎悲观和乐观之间的第三种态度，是听其自然，是随遇而安，是不拘一格。汪泉笔下的人物突破了传统小农思想中

---

① 汪泉：《燃烧的冰川》，《生态文化》，2022年第2期。

怨天尤人、悲观处世的局限，他们待人待事都持有一种随性宽容的态度。在《火光照亮了我》中，村庄发洪水，村民都跑到山上避洪，老朱爷一个人抱着铺盖在屋顶上坐了一夜，洪水过后，家雀送饭给老朱爷，他接过饭，仿佛什么事都没有发生，稀里哗啦地吃起来。从老朱爷身上，读者们看到了超于常人的置生死于度外的旷世思想。短篇小说《毡》中，莫拉的悲惨童年让我们为之叹息，哥哥被充壮丁，她迫于生计年少参军，为了同志安全，在花容月貌的年纪失去了一只胳膊，和平之后，她也从未向国家索取任何优待。纵观全文，我们看到的莫拉是一个和蔼可亲、温柔体贴的普通长者形象，是藏族地区众多莫拉中的一个而已，谁又能知道她曾经的光辉事迹？这个断臂的莫拉是在保护同伴时失去了她的一只胳膊，原来她是一位巾帼英雄。

汪泉在《托钵记》中的达观思想体现得淋漓尽致，一家五口，就有三个残障人士，只有两个年幼的儿子身体健全，为了一家人的生活以及供二人读书，他们一家人远离家乡，外出乞讨，但是他们并没有被残酷的现实击倒，向命运低头，一间车库、一方凉席、一袋剩菜，甚至一个眼神、一次抚摸都可以让他们感念与满足，感受四面八方传达的善意。于他们而言，活着就是最大的幸福，一家人平平安安，晚上齐聚在家里就已心满意足，而他们所谓的家，不过是一个被废弃的小小的车库，里面还堆满了捡来的废品，但在他们看来这就是一个家，一个容纳了五口人的温暖的家。

汪泉的小说篇幅虽然短小，但五脏俱全，每个人物形象各不相同，都透射着耀眼的光芒，共同组成了一幅生动的人物画卷，创造了别样的文本景观。

四、独特质朴的乡土语言

除了充满温情的主题、独特的视角、生动的人物，汪泉小说的语言也颇具特色：独特的比喻使其妙语迭出，质朴的乡音又使其烟火温煦。

（一）独特的比喻思维

苏联理论家马依明对"比喻思维"概念的提出是较早且明确的，他认为："无论对于艺术家还是艺术作品的接受者，比喻都是思想的特殊途径，是思维的特殊方式。"[1]比喻思维在文学作品中可以很好地展现作家独特的思维模式，汪泉作品中的本体和喻体常表现出其思维的特异性。

如《托钵记》中有一段关于妈妈乞讨时背部的比喻："她的后背像一张地图，正如她从北京到中原，再到温州，最后到广州的乞讨路线图。"在这里，本体为"后背"，喻体为"地图"，将母亲的背比作地图，把母亲生存的艰难、历经的沧桑表现了出来，母亲半趴着的姿势背朝太阳，经历过从北京到中原到温州再

---

[1] 外国文学研究编辑委员会：《外国理论家作家论形象思维》，中国社会科学出版社，1979，第628页。

到广州的风吹日晒，留下的是城市的温度。

《渔人码头隐伏着什么》中有"渔人码头的夕阳就像一个染缸，越来越浓烈的血色将整个河面和码头边上的咖啡座晕染出深浅不同的层次"[1]。这是在阿彩以为自己的丈夫出轨以后她眼中的夕阳，此时它像一个染缸，目之所及都是鲜血一样的颜色，这是阿彩对夏日的态度。阿春被打是在夏日，她得病也是在夏日。在她看来，夏日是病魔的象征，是冷冰冰的，而就在这个夏日，阿彩的丈夫竟然也"背叛"了她，夏日在她眼里更加不祥。"血色"体现了一种决然赴死的态度，阿彩对夏日没有了任何眷恋，夏日是她所有痛苦的源头，她试图用自己的生命向夏日发出挑战。

《敦煌厅的婚典》有一段关于"我"的婚礼宾客的描写："敦煌厅内的人像千佛洞壁画中的造像一般，寂静无声，庄严肃穆。我爸和我妈站在那里，像隋代壁画里的菩萨一般，面孔呆板。"[2]因为准新娘没有到来，父亲悬着一颗心，上台发言时话筒还出了故障，父亲本就感觉难堪，境况越发雪上加霜。重压之下，在父亲眼中，这些亲戚并不是来增喜气、添人气的。面对满屋子宾客，父亲觉得他们像造像一般，庄严肃穆，现场充满紧张的气氛，宾客不似来参加喜事的人，更像一尊尊雕像，这告

---

[1] 汪泉：《渔人码头隐伏着什么》，《佛山文艺·陈村文艺》，2022年第10期。

[2] 汪泉：《敦煌厅的婚典》，《特区文学》，2020夏季专号。

诉父亲现在一切都是那么虚无缥缈、玄幻离奇，而爸妈像隋代壁画里的菩萨，面露呆板与尴尬，与"造像"格格不入。这场婚礼就像一场闹剧，新娘新郎都不在场，作为父母的他们还要保持微笑，迎接每一位来宾，他们的笑是僵硬的、是局促的，是要努力很久才会挤出声音的笑，足以见得他们平日里的憨厚老实，却又不得不为心爱的儿子"抛头露面""大展拳脚"。

汪泉的比喻寓意深刻却又朴实无华，都是"贴着"人物写，与人物身份以及人物所处的社会环境相契合的，是为表现人物性格特点，为塑造人物服务的。

（二）质朴的古浪方言

西部的小说家重视方言的运用，读他们的小说，可以发现文章具有十分鲜明的特色，方言的使用使他们作品文风厚重朴实、活泼风趣又充满野性魅力，方言的使用对于作家真实、生动地刻画人物起到了至关重要的作用。

汪泉在小说中对方言的运用主要表现在两个方面：

一是对于人物的命名，显示出了独特的西部文化观念。在西北地区人们喜欢用卑贱的字义取名，人甚至可以和家畜、器物同名，人们认为名字卑贱可免遭劫难，子女亦可平安健康，福寿延年。比如汪泉小说中的家雀、家驹、尕牛、尕兔，他们的名字都是由一些动物家畜的名字而来，汪泉尤其喜欢用"尕"这个字。"尕"是西北地区的方言，表示小，是一种爱称，用在姓、名、排行之前，如他笔下的尕牛、尕喜、尕姐、尕东、尕兔，这些名字都代表了父母对他们的殷切期望，希望他们健康无恙地长大。

二是原汁原味的方言土语的运用，汪泉笔下的人物语言带有浓重的地域色彩，他往往使用一些极具古浪特色的动词、名词，为人物形象赋予典型的古浪乡土气息。最典型的是在《火光照亮了我》中老朱爷与家雀的对话。汪泉通过方言的叙述，把在屋顶上坐了一宿、躲避洪水的老朱爷的随性洒脱与关怀小辈的长者形象表现得恰到好处，年纪相差较大的二人轻松自如的闲聊，宛如两个朋友的对话。

除了上述极具古浪方言特色的对话，文章中还有一些颇具地方色彩的植物，如"甜苣苣""苦苣苣""黄花郎""萝萝秧"等，此外还有趸摸（不正常的寻找）、搭出去（挂出去）、绱（将鞋帮和鞋底缝合）等表示动作的词，和羞脸大（脸皮薄）、盛婄儿（超漂亮）等一系列形容词，都具有浓浓的地域生活气息。汪泉通过使用这些生活常用词实现了人物鲜活、场景真实的效果。

汪泉让人物通过方言交流，一方面可以更生动、准确地刻画人物性格，凸显人物的精神气质，另一方面，方言的叙述也使人物形象更加心口一致、自由自在地与环境产生一种水乳交融的关联，从而使人物形象与地域性、民族性更对位、更契合，达到一种人景合一的境界。

综上，汪泉的作品在叙事维度摇曳多变，颇具西部乡土世界的质朴和温暖。而他笔下的他乡，虽与他的古浪城相隔千里之遥，但其中蕴含的人性温暖就像一种花香在悄悄弥散，持久且热烈，从一双手到另一双手，从一个人到另一个人。这是从施爱者灵魂深处飘散出来的温暖，它唤醒了精神世界中一行疲惫的足迹、一颗受了冷遇的心灵，然后，得了爱的人会在自己的心田擦亮火柴，用一份光热去暖化另一颗心，尽管有时是那么微弱，但就是这微弱的火柴的温暖却像一束明媚的阳光一样照彻寒冷的人的心房。咽下苦，抛洒爱，这是他对于世界最好的阐释，他的作品分明在呼唤人类心灵回归永久爱的精神原乡，而这正是其作品的价值所在。